KB272221

미카미 테렌
타케시마 에쿠
가
이
(※무리가 아니었다?!)

미카미 테렌
타케시마 에쿠
SS집
내가
연인이
될 수 있을 리
없잖아,
무리무리무리!
(※무리가 아니었다?!)

CHARACTERS
SATSUKI KOTO
코토 사츠키
Friends?
AJISAI
SUMMER
STYLE
KOYANAGI
코야나기 카호

아마오리 레나코
RENAKO AMAORI
NARE
오우즈카 마이
세나 아지사이

【여름의 수영장을 실컷 만끽!】

의존증 카호 짱
싫어, 헤어지지 말아줘…….
사회인 카호 짱
자, 이쪽으로 오렴♡

KAHO
KA HO KA HO KA HO
{코야나기 카호 짱 ASMR♡}
메이크업 아티스트 카호 짱
레나코 씨♡

CONTENTS

제1권 쇼트 스토리

이 시절 나는
솔직하지 못했구나…….

나도 너무 주변이 눈에
들어오지 않았던 것 같아.

이러니까 『연애』는 무서워…….

그러네…….
후후후, 이젠 그리운걸.

"쉬는 날에는 쇼핑을 해요~♪ 라고 말하는 여자애들 있잖아."

옥상의 낮은 펜스에 기댄 채 나, 아마오리 레나코는 허공을 바라보며 한숨을 쉬었다.

"있지."

옆에는『미녀』의 결정체 같은 여자, 오우즈카 마이가 미소를 지으며 서 있었다.

"나는 그게 항상 의문이었거든. 왜냐하면 쉬는 날은 매주 이틀이나 있잖아. 그렇게 매일매일 쇼핑이 가능할 리도 없으니까, 취미를 말할 땐 확실하게 만화나 드라마, 애니메이션이나 게임 같은 걸 말해줬으면 좋겠어……."

"잘은 모르겠지만 그 아이로선 집에서 하는 놀이는 단순히 심심함을 달래는 용도고, 취미라고 부를 수 있는 건 한 달에 몇 번쯤 하는 쇼핑인 게 아닐까? 취미는 스키라고 대답하는 사람도 1년 내내 스키만 타는 건 아니잖아."

"완벽하게 논파당했어!"

머리를 감싸 쥐며 외쳤다. 결국 아싸의 삐뚤어진 트집일 뿐이었다.

태연한 표정인 마이를 곁눈질로 올려다보며.

"으으, 그러면 마이는 쉬는 날은 어떻게 보내……?"

"흐음, 나 말이지?"

마이는 잠시 생각하고서.

"평일과 다를 바 없이, 6시 반에 일어나 먼저 러닝머신으로 가볍게 땀을 흘려."

"러닝머신."

어쩌지, 내가 앞으로 몇십 년을 살아가더라도 경험할 일 없을 법한 예시가 나올 것 같은 느낌이 든다.

"샤워한 다음엔 아침 식사네. 간단히 샐러드만 먹는 날도 있고, 토스트에 에쉬레 브랜드 버터를 발라 맛과 향을 즐기는 날도 있지. 전날 컨디션을 고려해 도우미분이 조절해 주고 있어."

마이는 계속해서 명랑하게 내 질문에 대답해 주었다.

"아침 식사 후엔 자유 시간이야. 자율적으로 공부를 하거나……그렇지, 취미 시간을 즐겨. 요즘은 색소폰을 부는 게 소소한 즐거움이야."

"아아, 휴일엔 책을 한 권씩 읽으려고 하고 있어. 사츠키가 추천해 준 미스터리 소설을 읽는 것도 좋아해. 근처에 있는 개인 카페에서 커피 향을 음미하면서 말이야."

"좀 더 본격적으로 몸을 움직이고 싶을 때는 맨션에 있는 헬스장에서 제대로 개인 트레이닝을 받기도 해. 전속 트레이너분이 와 주시고, 지금은 주로 복사근을 단련하고 있어. 요즘 탄력이 생기기 시작한 게, 성과가 보여서 기뻐."

"어머니 친구분이 화가시거든. 일하면서 짬짬이 그림 교실을 여시는데, 거기서 배우고 있어. 내 취향은 풍경화지만 다음엔 인물화에도 도전해 보려고 해. 언젠가 레나코를 그려보고 싶은걸.”

　싱글벙글 웃으며 그렇게 말하는 마이를 향해, 나는 죽은 물고기 같은 눈으로 중얼거렸다.
　“나는 아침에 일어나서 밤에 잠들 때까지 계속 게임을 하거나 만화를 읽거나 애니메이션을 봐.”
　응, 하고 마이가 크게 고개를 끄덕였다.
　“그렇군, 충실한 생활인걸. 아주 즐거워 보이는구나.”
　“이 셀럽 같으니!!”
　내 외침은 왠지 모르게 패배자의 단말마처럼 울려 퍼졌다.

"레나코가 좋아하는 건 뭐야?"

점심시간, 점심을 먹은 뒤 올라온 옥상에서.

옆에 선 마이가 갑자기 그런 질문을 하길래, 나는 어리둥절해서 마이의 얼굴을 바라보았다.

"으음―."

"그래, 나구나. 후후, 쑥스러운걸."

"잠깐, 잠깐잠깐. 아니얏, 친구. 프렌드."

느긋한 분위기가 흐르던 단둘뿐인 옥상. 날씨도 좋아서 방금까지 살살 졸음이 오고 있었는데 잠이 확 깨버렸잖아.

"그나저나 뭔데, 갑자기."

"앞으로 내가 레나코를 에스코트할 때를 위해서 말이지. 좋아하는 음식 정도는 알아두고 싶어서."

"그럼, '좋아하는 음식은 뭐야?'라고 물어봐야지! 일부러냐?! 일부러 헷갈리게 말한 거냐?!"

마이는 바람에 금빛 머리카락을 휘날리며 아무 말 없이 미소만 지었다. 끄응, 얄미워.

"어디 보자…… 햄버거나 감자튀김을 좋아하는데. 앗, 마이도 먹어 본 적 있어? 나이프나 포크를 쓰지 않고 손으로 잡고 먹는 거야."

"나를 뭐라고 생각하는 거야? 그나저나 정크 푸드인가……."

　표정을 흐리는 마이. 에스코트에 부적절한 선택지를 고르고 말았다.

　"어, 그럼 마이는 뭘 좋아해?"

　"레나코지."

　"그건 이제 됐고! 음식! 알겠다, 캐비아랑 와인이랑 푸아그라지?"

　"나를 뭐라고……."

　그런데 생각해 보니 마이는 도시락에 항상 샐러드 같은 것만 들어 있고, 그마저도 조금만 먹으니까. 뭔가를 맛있게 먹는 모습이 잘 상상이 안 가네. 모델로서 몸매 관리에 여념이 없으니까.

　마이는 가슴에 손을 얹고서 미소 지었다.

　"내가 좋아하는 음식은 바로 고기야."

　"아아―."

　그건 그것대로 꽤 마이답다.

　"햄버그나 불고기나 스키야키 같은 거?"

　"그렇지, 그런 종류의 음식은 다 좋아해. 제일 좋아하는 건 소고기일까. 그래서 외식도 자주 해. 빈도로 따지면 한 달에 몇 번 정도뿐이지만."

　"고기라, 좋네. 나도 좋아해. 그러면 다음에 같이 고기 먹으러 가자."

　마이가 활짝 웃었다.

　"정말로? 잘 됐는걸. 마침 추천하고 싶은 가게가 있어. 다음 주 토요일은 어때?"

"어? 어, 응, 괜찮긴 한데……."
불길한 예감이 들었다.
"그 가게, 가격이 꽤 나가?"
"아니, 그렇지도 않아. 맛에 비하면 합리적인 가격이야. 그렇지, 혼자 갈 땐 보통 5만 엔 코스를 시키는데 이번엔 레나코와 함께니까. 과감하게 10만 엔 코스로 주문해 볼까."
"셀럽이냐고!"
셀럽이었다.

당연하지만 그 가게는 사양했다. 대신 다음에 내가 패밀리 레스토랑에 데려가 주기로 마음먹었다. 과연 이 공주님은 600엔짜리 햄버그에 어떤 반응을 보여줄까.
그건 그것대로 은근히 기대되는 일이었다.

"너를 원해."

바람이 스쳐 지나갔다.

쉬는 시간, 단둘뿐인 옥상. 마이는 나를 똑바로 바라보며, 전에 없이 진지한 표정과 함께 직설적으로 고백했다.

"……뭐?"

당혹감이 밀려든다. 뺨이 뜨거워졌다.

마이의 눈동자 속으로 빨려 들어갈 것 같은 감각.

이 여자, 얼굴 점수가 하버드 입학 수준이다. 나는 완전히 매료되어…….

서로 마주 보길 몇 초. 마이는 조금도 흔들림 없는 미모를 유지한 채.

"잘못 말했어. 네 사진을 원해, 라는 뜻이었어."

"…………."

"무슨 일이야? 왜 갑자기 노려보는 거지?"

"아뇨…….."

두방망이질 치는 가슴과, 일부러 저러는 건지 타고난 건지 모를 마이에게서 시선을 피하며 말했다.

"그런데 뜬금없이 왜."

"항상 곁에 있으면서 너와 만날 수 있다면 좋겠지만 현실은 그게 쉽지 않겠지. 그래서 하다못해 네 사진을 지니고 싶어. 아니,

24시간 내내 같이 있을 수 있다면 해결될 문제긴 하지. 같이 동거할까?"

"안 해!"

그래도 뭐…….

그런 이유라면 이해 못 해줄 것도 없다. 사귀는 사이끼리는 서로를 스마트폰 배경 사진으로 설정해 놓는다는 얘기도 들어 봤으니까. 아니, 물론 나랑 마이는 친구 사이지만 말이죠.

"좋아, 그 정도라면 뭐."

"정말로? 다행이야. 그러면."

마이는 스마트폰을 꺼냈다. 카메라 렌즈가 번뜩, 사납게 빛났다.

"으."

이건 아싸라면 다들 공감할 얘기일 텐데, 카메라를 들이대면 갑자기 긴장하게 된다. 적절한 표정이나 포즈를 모르겠다. 아니, 솔직히 말하자면 되도록 찍히고 싶지 않다.

하지만 요즘 인싸와 사진은 떼려야 뗄 수 없는 존재……. 피할 수 없는 일이다…….

"찌, 찍으시죠?"

가슴 앞에 소심하게 브이를 그리면서 사형 집행을 기다리는 듯한 미소와 함께 카메라 셔터를 기다리고 있었는데, 정작 마이는 계속 스마트폰만 만지작거릴 뿐 내 쪽은 쳐다보지도 않았다.

뭐지 이거, 애태우기 플레이?

"저기, 마이?"

"아, 미안. 으음, 저기, 레나코, 다음 주 일요일에 시간 괜찮을까?

마침 신세를 지고 있는 사진작가분이 일본에 오시는 모양이야. 너만 괜찮다면 스튜디오와 스태프 예약을 잡아두려고 하는데.”

“하나도 안 괜찮은데?!”

나는 힘껏 마이의 어깨를 탈탈 흔들었다.

“대체 뭔데?! 홍보용 프로필을 찍을 생각이야?! 앨범이라도 만들 작정?!”

“딱히 그럴 생각은 없지만, 사진이라고 하면 그것 말고 다른 게 있나?”

“지금 네가 들고 있는 네모난 걸 쓰라고!”

마이는 표정을 찌푸렸다.

“스마트폰으로 인물 사진을……? 반사판도 없이……? 괜찮은 걸까.”

“그건 모르겠지만 스튜디오 같은 데는 절대로 안 갈 거야!”

너무 부끄럽잖아. 많은 사람에게 둘러싸인 상태여선 머릿속으로 계속『여줘…… 죽여줘……』라고 울부짖게 될 거라고.

“음, 그렇다면 이걸 쓸 수밖에 없나…….”

스마트폰을 카메라 모드로 전환한 마이가 마침내 렌즈를 내게 향했다.

다시 한번 긴장되는 순간. 어색하게 기다리고 있었더니 마이가 크게 한숨을 쉬었다.

“안 되겠어, 긴장되는걸. 내가 레나코의 사랑스러움을 정말로 사진에 담아낼 수 있을지 불안해…….”

“아니, 잠깐! 기준을 높이지 마! 나는 한없이 평범한 비주얼이라고! 됐으니까 빨리 찍어!”

“그런가, 네가 그렇게까지 말한다면야.”

왜 내가 부탁하는 처지가 된 건지 전혀 이해가 가지 않았지만, 마침내 마이가 찰칵 사진을 찍었다.

휴우, 끝났다…….

그런데 마이는 아직도 야단스레 스마트폰을 들여다보고 있었다.

『이런 걸론 전혀 만족할 수 없어!』 같은 불평을 늘어놓는 건 아닐까, 싶어서 조마조마하고 있었을 때.

마이의 입술이 부드럽게 호선을 그렸다.

“귀여워.”

“끙………….”

미소 짓는 마이의 반응에, 뭐라고 표현하기 힘든 간질간질함이 솟구쳤다.

“그, 그러면 마이는 사진 찍기에도 재능이 있었다는 뜻 아닐까?”

“그럴지도 모르겠네. 하지만 그에 못지않게 피사체가 훌륭했던 거겠지. 음, 그런가…… 다들 나를 찍고 싶어 하던 게 이런 기분이었을지도…….”

“세계적인 모델과 서민 카테고리의 여고생을 동급으로 놓지 말아 줄래……?”

마이가 고개를 들었다. 그 눈은 반짝반짝 빛나고 있었다.

“레나코를 더 많이 찍고 싶어.”

“뭐, 뭐어……? 한 장이면 충분한 거 아니야……?”

“다음은 옆모습이 좋겠어. 저쪽을 바라봐 줘.”

“부끄러운데…….”

찰칵찰칵 소리가 났다. 마이는 또 왜 이런 걸로 신이 난 걸까. 진정이 안 된다.

“응, 좋아. 귀여운 와중에 한 줌의 쓸쓸함이 느껴져서 당장이라도 껴안고 싶어져. 자, 이번엔 시선을 이쪽으로.”

“아으―.”

“입가에 손을 대 보겠어? 턱은 당기고. 위를 올려다보는 시선. 아주 귀여워. 역시 레나코야. 아아, 좋은걸. 귀여워 귀여워. 돌아보는 모습도 찍어두자. 위치는 태양을 등지고 서 봐. 응, 역광 속의 레나코, 눈부시게 빛나고 있어.”

“언제까지 하는 거야, 이거…….”

마이는 시종일관 즐거워 보였다. 천진난만하게 신을 내는 탓에 무턱대고 거절할 수도 없었고, 그 결과 어색해하는 내 모습이 마이의 스마트폰 속에 차례차례 담겼다.

“찍으면 찍을수록 다른 각도나 포즈를 시험해 보고 싶어지네……. 좋아하는 사람을 찍는다는 행위는 마음이 설레는구나. 즐거워.”

이대로라면 쉬는 시간 내내, 내 촬영회가 이어질 것 같았다.

도무지 마음이 쉴 틈이 없어!

“이, 있잖아! 그러면 나도 친구 사진을 몇 장쯤 갖고 싶은데!”

최소한 찍히는 것보다는 찍는 게 나을 터. 그런 마음으로 공수 교대를 요청했다.

“그래? 그렇군, 네게도 꼭 이 기분을 느끼게 해주고 싶어. 자,

얼마든지.”

좋아좋아.

이제 적당히 마이 사진을 찍은 다음 이 상황을 넘기자.

나는 들어 올린 스마트폰 화면에 마이의 모습을 담고서 제대로 확인도 하지 않은 채 마이를 찍었다.

모델 상대로 이렇게 대충 찍다니…… 라는 생각도 들었지만, 그건 뭐라고 해야 하나. 지금은『친구』로서의 마이를 찍는 거니까.

차근차근 신중하게 찍으면 혹 떼려다 혹 붙이는 꼴이 될 것 같으니까!

마이의 만족스러운 미소.

“후훗, 이걸로 레나코도 외로워졌을 땐 언제든지 나를 볼 수 있겠는걸.”

“어, 응, 그러네…….”

대충 끄덕이고서 스마트폰에 찍힌 마이의 사진을 힐끗 보았다.

……뭐, 응.

그곳엔 어린아이같이 순수한 웃음을 띤 채, 즐거워 보이는 마이가 찍혀 있어서.

그야 당연하게도 무지막지 미인이라, 초점이 안 맞는데도 범상치 않은 아우라가 느껴지는 훌륭한 사진이 되었다.

음………….

뭔가 이거, 찍는 쪽도 부끄럽네!

“에잇.”

“왜 지우는 거지?!”

"그냥 왠지! 자자, 이제 끝, 끝입니다!"

그치만.

외로워졌을 때 『뭐하고 있어―?』라고 메시지를 보내는 게 아니라, 미리 찍어둔 사진을 본다니, 왠지 그런 거, 엄청 사랑에 빠진 사람 같잖아!

"키스하고 싶네."

"…………."

갑자기 마이가 꿈꾸는 소녀 같은 말을 꺼냈다.

점심시간. 점심을 먹고 나서, 나와 마이는 각자 따로따로 옥상에 올라왔다.

여기서 보내는 시간은 정말 힐링의 시간.

마이의 헛소리도 오른쪽에서 왼쪽으로, 바람처럼 흘러가고……..

"아니아니아니, 잠깐 기다려, 왜 얼굴을 들이미는 거야?!"

"미리 제대로 양해를 구했잖아. 키스하고 싶다고 말이지. 그리고 너는 부정하지 않았으니까, 그렇구나, 마음이 통했구나, 싶어서."

"그런 독특한 논리 전개는 그만둬! 그보다 학교에선 안 한다니깐!"

"어째서?"

"누, 누가 보기라도 하면 곤란해."

"나는 직업상 사람들의 시선에 민감하거든."

마이는 동굴 속에서 바람의 흐름을 찾는 것처럼 검지를 세웠다.

"응, 괜찮아. 지금이라면 신조차 보고 있지 않아."

미소를 지으며 자신만만하게 단언한 후 다시 한번 몸을 들이대는 마이. 나는 끄으응, 하고 마이의 양어깨를 밀어냈다.

"어휴— 진짜! 장소를 가리지 않고 하려 들지 좀 마!"

“장소는 잘 가리고 있어. 예를 들어 교실에선 이런 말 안 하잖아?”

“그거야 당연한 거니까! 우쭐대는 표정 짓지 마!”

나는 지극히 타당한 말을 하고 있을 텐데.

마이는 이런이런, 하고 어쩔 수 없다는 듯이 어깨를 으쓱했다. 이해가 안 간다.

“좋아하는 아이가 부리는 어리광은 귀여운 법이니까 가능하면 들어주고 싶지만 말이지.”

“어리광?! 내가?!”

이 녀석은 진짜…… 이 녀석…….

“그보다 왜 그렇게 하고 싶어 하는 건데……. 키스…….”

거리를 좁혀 오는 와중에도 내가 방어를 단단히 굳히고 있자, 마이가 “흠” 하고 턱에 손을 댔다.

“인간이 키스를 하는 이유는 고도의 정보 전달이 목적이라는 설이 있거든.”

“……그래?”

“응, 얼굴과 얼굴이 가까워지면 우선 냄새를 느끼게 되겠지. 입술의 접촉은 신경과 신경의 접속이야. 타액에는 더 많은 정보가 포함되어 있어. DNA로 생식 상태나 면역을 확인할 수도 있어서, 사람에겐 키스가 필요하다고 하더군.”

“헤에에…….”

로맨틱함은 전혀 없지만 재미있는 이야기다.

“그러니까.”

마이는 모든 인간이 유전자 레벨에서 매혹당할 법한 미소를 지었다.

"내가 너와 키스하고 싶어 하는 건 더 많은 너의 정보를 필요로 하기 때문…… 이런 이유는 어떨까?"

"저기…… 네?"

"레나코, 나는 너의 모든 걸 알고 싶어. 우리는 1분 1초를 다투며 끊임없이 업데이트되고 있으니만큼 언제든 네 최신 정보를 기억해 두고 싶은 거야."

그렇게 말하며 얼굴을 들여다보는 마이.

고요한 수면 같은 눈동자에 나도 모르게 침을 꿀꺽 삼켰다.

"그, 그렇다고 해도."

"레나코."

마이의 손이 뺨에 닿자 저도 모르게 눈을 감고 말았다.

으으. 이제 안 되겠네. 오늘은 도망칠 수 없어…….

마이의 얼굴이 다가오는 기척이 느껴진다. 눈꺼풀 안쪽에서 떠오른 그녀의 얼굴은 내 심장이 터져버릴 정도로 아름다웠고.

희미하게 마이의 향기가 느껴졌다. 그건 은밀하게 달콤했고, 늠름하며 상쾌했다.

이윽고 입술에 따뜻하고 부드러운 감촉이 닿았다. 어긋났던 초침이 맞물려, 다시 같은 시간을 새기기 시작한 듯한, 그런 감각이었다.

"으응."

마이가 입술 겉면을 훑는다. 혀가 조심스럽게 내 입술 바로 안쪽에 타액을 남겨둔다. 자신의 유전 정보, 맞닿는 것만으로는 알 수 없는 그녀의 DNA를.

몸이 저절로 부르르 떨렸다. 내 손을 마이가 손바닥으로 부드럽게 감싸 쥔다.

살며시 눈을 떴다.

바로 코앞에서 마이가 꽃처럼 미소 짓고 있었다.

"으, 으으으."

나는 허둥지둥 시선을 피하며 고개를 숙인 채 뺨을 붉혔다.

"또 넘어가고 말았어……."

패배감.

"후후, 그렇군. 네게는 그런 로맨틱한 논리가 효과적이구나. 앞으로도 잘 활용하도록 할까."

슬쩍 눈을 치켜뜨고 마이를 노려보면서 입을 비죽였다.

"……아까 그 말은 진짜야? 정보가 필요하다는 거."

"물론. 내가 너에게 거짓말을 할 리가 없잖아. 그것도 이유 중 하나야."

가슴에 손을 얹고서 자신의 결백을 증명하듯 주장하는 마이.

"……다른 이유는?"

마이는 맑게 미소 지었다.

"그야, 기분 좋으니까."

"………………."

있는 힘껏 태클을 걸려고 입을 크게 벌렸지만…… 결국 말은 나오지 않았다.

왜냐하면…… 마이와 하는 키스는, 이런저런 핑계를 대 봤자,
그냥 단순히 기분 좋았던 건 사실이니까…….

크윽.

Friends?
Lovers?

제2권 쇼트 스토리

레나코

사츠키

레나코

사츠키

레나코

"그러면 심리 테스트입니다. 짜잔—!"

평소와 다를 바 없는 점심시간, 한가로운 분위기다.

그런 와중, 카호 짱이 스마트폰을 보면서 손가락을 치켜들었다. 이럴 때 이야깃거리를 제공하는 비율이 높은 사람도 카호 짱이다.

마이, 사츠키 양, 아지사이 양, 그리고 내 시선이 일제히 카호 짱을 향했다.

"보자—, 당신은 깊은 숲속을 걷고 있습니다."

"왜 걷는데?"

"등산 중이었던 거 아닐까?"

"그렇다면 조난을 당했을 가능성이 높겠는걸."

사츠키 양, 아지사이 양, 마이가 차례차례 말했지만 카호 짱은 아랑곳하지 않고서.

"그때 갑자기 눈앞에 동물이 나타났습니다. 그 동물은 어떤 동물일까요?! 다섯 가지 선택지가 있습니다. 곰, 공작, 토끼, 사슴, 그리고 매머드입니다."

이제 고등학생이니만큼 심리 테스트로 야단을 피울 나이는 아니다. 다들 그걸 모르지 않으니, 그냥 심심풀이용 대화 주제 같은 거다.

사츠키 양이 진심으로 아무래도 좋다는 듯이 말했다.

"그럼, 공작."

"어— 공작을 고른 당신은 로맨티시스트. 실현 불가능한 꿈을 좇아 언제나 노력하고 있군요. 앞날이 아득하고 멀지만 포기하지 말고 나아가세요. 일본의 숲에는 존재하지 않는 공작도 언젠가는 분명 찾아낼 수 있을, 아얏! 왜 때려?!"

"그냥."

카호 짱에게 춉을 날린 사츠키 양은 그대로 시선을 돌렸다. 맞았는지 틀렸는지 수수께끼다…….

"그럼 나는 사슴 할래."

"네, 아 짱은 사슴. 어디 보자. 이건…… 오옷……!"

"어? 뭔데뭔데—? 그렇게 뜸을 들일 정도야—?"

"후훗, 아 짱답다 싶어서."

아지사이 양이 카호 짱의 어깨에 손을 대고서 흔들었다. 꽁냥꽁냥거리네. 귀여워.

"사슴을 선택한 당신은 마음씨 고운 모성의 결정체. 분명 당신의 상냥함에 주변 사람들이 언제나 도움을 받고 있을 거예요. 하지만 곤란한 일이 생기면 당신도 주변 사람을 의지하는 걸 잊지 마세요. 사슴은 무리 지어 살아가는 동물이니까요—— 라는데!"

"어어—? 나는 모성의 결정체가 아닌데—."

"그보다 내 결과랑 너무 다른 거 아닐까."

"자, 그럼 마이마이는?"

마이는 멋진 표정을 지으며 말했다.

"매머드."

역시………….

너무나도 오우즈카 마이스럽다.

“너, 그런 동물이 있을 리가 없잖아.”

“하지만 나타나면 재미있지 않겠어?”

“상식적으로 생각하라고.”

“사츠키. 상식적으로 생각하면 공작은 일본의 숲에는 없어.”

사츠키 양이 대놓고 혀를 찼다. 나는 몸을 떨었다.

“그럼 어디, 매머드를 선택한 나에 대한 답은?”

“음…… 앗, 이거 굉장해! 마이마이!”

“호오, 그거 기대되는데.”

카호 짱이 테스트 결과를 읽었다.

“매머드를 선택한 당신은 상식으로는 헤아릴 수 없는 가치관의 소유자. 타인의 평가 따위 신경 쓰지 않고서 자신의 길을 힘차게 나아가죠. 예술가로서 크게 성공할 타입. 앗, 그리고 지금 바로 사랑을 해야 한다고 적혀 있어! 당신 곁에는 멋진 여성이 있을 거예요…… 참고로 그 아이의 성은 코야나기로 시작한다나 뭐라나 중얼중얼.”

카호 짱의 씩씩한 어필에도 당황하는 기색 없이 마이는 쿡쿡 웃었다.

“그렇군, 확실히 멋진 여성이 있을지도 모르겠는걸.”

“어? 아, 응!”

카호 짱의 뺨이 홧홧하게 달아올랐다. 소녀다운 풋풋한 리액션이다.

난 절대 눈을 마주치지 않을 거야. 마주치지 않을 거니까, 마이.

"그럼 레나찡은?"

"어? 어음, 나?"

나는…… 그렇지. 남은 선택지는 곰이랑 토끼지만 깊은 숲속에서 곰을 만나고 싶을 리가 없다. 좋아, 여기선 토끼야.

"그럼, 토끼……."

"토끼, 토끼는…… 보자. 오오―."

카호 짱이 짐짓 뜸을 들이며 나를 힐끔힐끔 쳐다봤다. 별거 없을 텐데도 왠지 긴장된다.

"레나찡답네."

"그, 그래?"

카호 짱이 입을 열었다.

"토끼는 성욕의 상징. 당신은 언제 어느 때든 사랑으로 살아가는 연애 체질인 사람. 평소에 아닌 척 숨기고 있는 본성도, 어쩌면 이미 주변에 다 들켰을지도? 망상은 적당히 하자고요!"

"무슨―."

아지사이 양이 손으로 입가를 가렸고, 마이가 "호오" 하고 흥미롭다는 듯이 웃고, 이어서 사츠키 양이 성대하게 한숨을 쉬었다.

나는 새빨개졌을 게 분명한 얼굴로, 히죽히죽 웃는 카호 짱을 향해 외쳤다.

"아, 아니야!"

나는 연애 같은 건 절대로 하지 않을 거니까! 사랑보다 우정! 틀림없어!

절대 아니거든! 마이!

수업이 시작되기 전, 아지사이 양과 담소를 나누며 마음이 치유되는 시간.

그나저나 내 인생에 이렇게 행복한 일이 일어날 줄이야, 굉장해. 자연스레 신께 감사의 기도를 올렸다. 신님, 천사 아지사이 양을 제 앞자리에 배치해 주셔서 감사드립니다. 자리 바꾸기의 신이시여…….

"있지있지, 레나 쨩."

"앗, 네."

앞자리에서 몸을 돌려 나를 바라보는 아지사이 양. 가슴 앞에 깍지를 끼면서 말을 건넨다. 사람을 미소 짓게 만드는 나긋나긋한 목소리에 내 표정도 덩달아 풀어진다.

"만약 판타지 세상에서 모험을 한다면, 다른 애들의 직업은 뭐였으면 좋겠어?"

"앗, 으음."

아침에 나눈 대화의 연장선이다.

그때 내가 아지사이 양은 승려일 것 같다고 말했더니, 자기는 무도가가 좋겠다는 희망을 밝혔다.

"참고로 레나 쨩이 용사야."

"음, 그렇구나."

내가 용사, 내가 용사라…….

왠지 임금님을 만나러 가면 실망하는 반응을 보여줄 것 같네……. 『잘 와 주었다, 용사. ……어? 용사? 그대가? 마을 소녀가 아니고? ……허어……그런가……. 으응, 돈은 보물 상자에 있으니까, 알아서 가져가도록』뭐, 이렇게.

아니, 그보다 나는 왜 망상 속에서까지 그런 비참하고 현실미를 띤 상상을 하는 거야. 좀 더 자기한테 편의적으로 생각하라고!

"그래, 나는 천하무적인 최강의 용사……. 검을 휘두르면 산이 두 쪽으로 갈라지고, 마법으로 바다도 말려버리고, 인덕도 넘쳐서 온 세상이 나를 바라는 용사…… 누가 뭐라 하든 용사……."

"레, 레나 짱……?"

아지사이 양이 걱정스럽게 불렀다.

걱정하지 마. 아무튼 나는 최강의 용사니까 말이지.

좋아, 마인드 컨트롤은 끝났다. 그러면 어디 보자.

"다른 애들. 사츠키 양, 카호 짱, 오우즈카 양이네."

"응."

"먼저 아지사이 양은 승려로 확정해 두고……."

"알겠어."

주먹을 꾹 쥐는 아지사이 양.

"모두의 상처를 내가 열심히 회복시켜 줄게. 흐으읍―, 이렇게."

미간에 힘을 주는 아지사이 양. 귀여움의 마력이었다.

부상을 입으면 아지사이 양의 치료를 받을 수 있어…….

조금 정돈 무리를 해도 괜찮을 것 같다.

아니, 그 정도가 아니라, 설령 죽는다 해도 아지사이 양이 소생

시켜 준다면 그건 어떤 의미로는 포상 아닌가……? 그야말로 천사잖아.

"음, 그럼, 사츠키 짱은?"

"사츠키 양은 무조건 마법사지."

나는 고민하는 기색도 없이 대답했다. 이건 무조건이다.

사츠키 양은 상대의 약점을 찌르는 게 굉장히 능숙할 것 같다. 추위를 싫어하는 마물에겐 얼음 주문을. 열기를 꺼리는 마물에겐 화염 주문을. 파워 타입 몬스터에게는 약체화 마법을 걸어주는 게 특기.

그리고 생물 상대론 독 같은 걸 즐겨 쓸 것 같아.

"온갖 수단으로 마물을 괴롭히는 거야. 마법사라기보다는 거의 마녀네."

게다가 몹시 즐거운 기색으로 괴롭히는 거지.

그러다 쉽게 죽어버리면 혀를 차면서 『칫…… 재미없네……, 좀 더 괴롭힐 보람이 있는 적은 없는 걸까』라고 하면서 머리카락을 쓸어 넘기는 거야. 무서워.

"하긴, 사츠키 짱은 무척이나 똑똑한걸—."

사츠키 양의 성격을 『똑똑하다』라는 한마디로 표현하는 아지사이 양.

수많은 가시 돋친 말을 따뜻하고 부드러운 말로 바꾸는 솜씨가 명인급이다.

다음은 보자, 카호 짱인가.

"카호 짱은 왠지 전사가 어울리는 느낌이지."

“아— 알 것 같기도—.”

내 말에 아지사이 양도 웃었다.

“앞장서서 무기를 휘두르며 돌격해 들어갈 것 같지.”

덩치는 조그맣지만, 그 핸디캡을 극복하려는 것처럼 커다란 무기를 짊어지고 말이지.

마물도 별로 안 무서워할 것 같은 이미지.

즐겁게 푸확푸확 피를 튀기며 전장을 누빌 것 같다. 무섭지 않아?! 카호 짱이 그런 캐릭터였던가……?

믿음직스럽긴 하겠다. 사츠키 양이 고통을 주고, 카호 짱이 숨통을 끊고, 아지사이 양이 두 사람을 치료해 주고.

어라? 나는?

싸움이 끝난 다음 세 사람을 칭찬하는 역할이려나. 용사란 대체…….

“그러면 나랑 아지사이 양, 사츠키 양, 카호 짱까지 4인 파티인가.”

용사, 승려, 마법사, 전사. 꽤 정석적인 파티다. 밸런스가 잘 잡혔다고 생각한다.

그때 아지사이 양이 물었다.

“마이 짱은?”

“오우즈카 양은…….”

머릿속에 『안녕』 하고 웃으며 손을 흔드는 마이의 얼굴이 떠오른다.

“용사……?”

"두 번째 용사?! 용사는 레나 쨩이야."

"그건 그렇지만……."

마이가 용사인 쪽이 너무 잘 어울린다. 그 경우 레나코 용사는 틀림없이 가짜 용사가 되겠지.

그것 말곤 뭐가 어울릴까, 싶어 고개를 갸웃거리고 있었더니 아지사이 양이 짝, 하고 손뼉을 쳤다.

"붙잡힌 공주님은 어떨까."

"미궁 깊숙이, 마물에게 사로잡혀 있는 공주님, 오우즈카 마이……."

뭉게뭉게 상상이 떠오른다.

쇠창살 안쪽에서 우아하게 다리를 꼰 마이. 시에스타에 홍차를 음미하며, 가끔 나른한 표정을 짓고서 천장을 올려다본다. 『후우……. 오늘이야말로 용사가 나를 구하러 와 주려나. 아아, 기다리고 있어, 사랑스러운 레나코……』안 돼.

아무리 생각해도 공주님과 결혼하는 게 기정사실이 되고 만다.

사로잡힌 공주님은 안 돼. 알아서 탈출해 줘. 마이라면 분명 할 수 있을 거야.

"좋아, 알겠어. 아지사이 양."

"어울리는 게 생각났어?"

"오우즈카 양은 놀이꾼으로 하자."

그 말에 아지사이 양도 웃음을 터트렸다.

이렇게 우리는 여행을 떠났다.

아무것도 할 줄 모르지만 필사적으로 노력하는 레나코와 파티의 천사인 아지사이 양, 공격의 핵심인 사츠키 양과 카호 쨩. 그리고 파티가 싸우는 동안 뒤쪽에서 딴청을 피우며 하프를 연주하다가 전투가 끝날 때쯤 다가오는 마이까지, 다섯 명이 세상을 구하는 것이다.

망한 것 같아!

　2주간의 연인 계약 기간. 여느 때처럼 사츠키 양과 함께 역으로 향하는 길. 나는 느긋한 느낌으로 그러고 보니, 하고 입을 열었다.

　"사츠키 양은 왜 퀸 도넛에서 아르바이트하는 거야?"

　"왜냐니…… 뭔데?"

　생각 이상으로 날카로운 눈빛이 돌아와서 순간 쫄고 말았다. 뭔가 물어보면 안 되는 걸 물은 건가?!

　나는 아무리 시간이 지나도, 잡담용 화젯거리를 선택하는 능력이 늘지를 않네!

　"아니 저기, 그게…… 유니폼이 엄청 귀여우니까! 사츠키 양도 그런 옷을 입어보고 싶다는 마음이 있었나 싶어서!"

　"너는 그래?"

　"어? 아니…… 나는 딱히……?"

　질문을 질문으로 되받아치는 말에, 나는 절레절레 고개를 저었다.

　귀여운 옷을 봤을 때 내 머릿속에서 일어나는 반응은 절대로 '귀엽다→입어보고 싶어'가 아니라 '귀엽다→귀엽네'다. 혹은 '귀엽다→귀여운 애가 입으면 잘 어울릴 것 같아' 정도. 그리고 사츠키 양은 정말 잘 어울렸다.

　사츠키 양은 내게 옆얼굴을 향한 채 머리카락을 귀 뒤로 쓸어 넘겼다.

"집에서 가까우면서 음식점이기만 하면 어디든 상관없었어. 패스트푸드점이든 규동 가게든."

"규동 가게에서 알바하는 사츠키 양……."

면접을 보고 채용하려던 점장님도 아마 난감해하겠지……. 내가 점장이었다면『엥, 가게를 잘못 찾아온 거 아니야?』라는 말이 나올 것 같아.

"그중에서 퀸 도넛을 고른 이유는 주방 스태프만 모집하고 있었기 때문이야."

"어? 그런데 사츠키 양 카운터에서 엄청 열심히 일하고 있었잖아."

"…….'

사츠키 양이 눈살을 와락 찌푸렸다. 자기 의도가 아니었다는 표정!

"점장님한테도 말은 했는데, 나는 접객이 서투르니까 주방이 좋다고. 그런데 일손이 부족한 모양이라 지금은 카운터도 돕고 있어."

"그렇구나…… 그럼, 내가 사츠키 양이랑 마주친 건 마침 운이 좋았던 건가."

"참고로 이번 달은 계속 카운터에서 일할 예정이야."

"이미 카운터 담당이잖아?!"

"아니. 나는 주방 스태프야. 지금은 어쩌다 그런 시기인 거야……."

"애인이 바람을 피운다는 사실을 절대 인정하려 들지 않는 여자 같은 표정으로 말해 봤자…………."

"내가 카운터 일을 하고 있다는 이유로 대신 주방에 들어간 선배도 있었어."

"이미 스스로 잘 알고 있잖아?!"

사츠키 양은 혀를 찼다. 태클이 너무 심했나 싶어서 나도 모르게 몸을 떨었다.

"어딜 가든 이러네. 사람과 얽히고 싶지 않다는 내 의사를 분명히 밝혔는데도 결국은 이렇게 돼. 불합리한 일이야."

"뭐어, 그야……."

날렵하고 오뚝한 콧날, 산뜻하고 윤기 있는 입술, 거기에 긴 속눈썹과 반짝이는 듯한 검은 눈동자를 슬쩍 곁눈질로 살피고 나니, 그야 그렇겠지, 라는 생각밖에 안 들긴 하지만…….

그렇다고는 해도, 소통 능력이 바닥을 치는 나로선 사츠키 양의 처지에 동정하게 된다.

"힘들겠구나, 사츠키 양도……."

"뭐, 그렇지. 그래도 어쩔 수 없어. 미인으로 태어났기 때문에 겪는 고생인걸."

"앗, 그건 자각하고 있구나?!"

유대감을 느끼던 나를 배신하듯 태도를 휙 바꾸는 바람에 당황하는 내 모습을 보며, 사츠키 양이 장난스럽게 쿡쿡 웃음을 흘렸다.

잠깐! 내 동정심 돌려달라고!

오후 8시. 나는 내 방에 누워서 끙끙대고 있었다.

게임 연습을 잠시 중단하고서라도 해야 할 일이 있었기 때문이다.

그건 코앞으로 다가온 승부만큼이나 중요한 일이었다. 그건 바로――.

"……사츠키 양 생일 선물……."

스마트폰에 띄워놓은 인터넷 쇼핑 페이지를 응시하며 중얼거렸다.

결전의 날의 다음 날. 소소하지만 우리는 사츠키 양의 생일 파티를 열기로 했다. 물론 내가 두 사람을 이기는 데 성공한다면 말이지만!

으으, 위가 아파오기 시작했어. 이중적인 의미로…….

하지만 이겼을 때를 대비해서 선물도 빈틈없이 준비해 둬야 해…….

"사츠키 양은 어떤 선물을 좋아할까……."

아니, 애초에 남한테 선물을 주는 게 얼마 만일까. 초등학생? 중학생? 아, 그러고 보니 일단 여동생한테는 매년 선물을 줬었지. 가족한테 주는 것도 거기에 포함할 수 있느냐는 점은 제쳐두고서.

이번 2주 동안 사츠키 양이 어떤 사람인지 알 수 있었다. 하지만 선물을 건네는 건 또 다른 문제다. 내 마음만 담겨 있는 선물을 건네봤자『어? 으, 응…… 고, 고마워……』하고 시선을 피하면서 바로 가방에 넣어버릴 가능성이 높다. 싫어!

기왕 줄 거라면 상대가 기뻐할 만한 선물을 해야지……. 그런데 사츠키 양이 기뻐할 선물이란 대체…….

이것도 아니고, 저것도 아니고, 고민을 거듭하다 종국에는 현관에 장식하는 용도로 나무로 만든 곰 조각상 같은 걸 주는 건 어떨까…… 같은 위험한 생각에 빠질 뻔한 나는 벌떡 일어났다.

이러면 안 되지. 말도 안 되는 제3의 선택으로 도피하려고 하면 안 돼! 진지하게, 진지하게 생각하는 거야!

나무로 만든 곰 같은 걸 주면, 나중에 뒤에서『곰탱이』같은 별명으로 불릴 게 분명하잖아. 2학년이 됐을 때 처음 대화해 보는 애한테『앗, 곰탱이…… 아, 이게 아니지, 뭐더라, 레나코 양ㅋㅋ』같은 소리를 듣고는, 그때 처음으로 내 별명이 곰탱이였다는 사실을 깨닫게 되는 패턴이라고.

으으. 나는 친구들에게 SOS를 보냈다. 일단 애들은 뭘 샀는지 조사해 보는 거야. 힌트를 얻자. 그리고 겹치지 않게 해야지.

가장 먼저 답장해 준 사람은 카호 쨩이었다.

카호 쨩이라면 뭔가 웃음을 노린 선물을 주려고 하지 않을까? 했는데.

『나는 아 쨩이랑 같이 사러 갔다 왔어. 귀여운 북 커버!』

조그만 얼굴 옆에 북 커버를 가져다 대고서 웃고 있는 카호 쨩의 셀카도 함께 왔다.

귀, 귀여워……!

너무나도 귀여워서 나도 모르게 말을 잃었다.

예능의 신에게 사랑받는 건가 싶을 정도로, 카호 짱은 분위기를 썰렁하게 만드는 법이 없지……. 0점부터 100점까지 언제나 원하는 대로 조절할 수 있다는 느낌이야…….

게다가 북 커버가 포장된 상태가 아닌 걸 보면, 집에서 직접 선물용으로 포장할 생각이겠지. 대단해, 뭐든 할 줄 아는구나, 카호 짱……. 마법소녀 매지컬☆카호 짱이잖아…….

내가 존경의 마음을 담아 답장을 보내자, 그때 마침 아지사이 양한테서도 메시지가 도착했다.

『나는 있지―, 바디 미스트랑 핸드 오일이야』

메시지에 이어 조그만 포장 꾸러미를 가슴에 안고 있는 아지사이 양의 셀카도 함께.

우와…… 귀, 귀여워…….

이쪽도 대단해. 친구에게 줄 생일 선물과 함께 찍힌 아지사이 양은 인간의 선한 부분만 골라 모아 만든 완성품 같았다.

게다가 폭신폭신한 실내복을 입고 있어서 세련되고 귀여운 소녀의 느낌이 물씬…….

답장을 보낸 뒤, 나는 머리를 감싸 쥐었다.

친구에게 주는 선물 하나만 봐도 나는 전혀 경험치가 없어……. 두 사람은 분명 중학생 때도 당당히 반의 중심에 서서 생일 이벤트도 몇 번이나 경험해 봤겠지…….

그에 비해 나란 녀석은……. 영화 시리즈 중 3편만 보고서, 대충 아는 척 두 사람과 이야기를 섞으려는 얄팍한 수작이나 부리는 녀석……!

몹시 슬퍼졌지만, 그래도 새삼스러운 일이다. 좌절하는 일에도 익숙해졌고, 두 사람이 나보다 훨씬 뛰어난 사람이라는 것쯤이야 진즉에 알고 있었다.

그럼에도 나는 인싸가 되겠다고 스스로 맹세했으니까 제대로 해내야 해…….

좋아.

인터넷으로 검색해 보자.

『여고생 선물』이라고 검색했더니, 엄청나게 많은 검색 결과가 떴다.

엑…… 아무거나 골라잡으면 되는 수준이잖아?!

내 마음은 순식간에 가벼워졌다.

처음부터 이럴 걸 그랬어! 인생 참 쉽네…….

문명 최고!

나는 검색 결과 중에 마음에 든 걸 골라 바로 주문했다. 직접 매장에 가지 않고 온라인으로 주문하는 게 정말 나답다.

배송 온 선물을 포장하는 데에 또 한바탕 고생했지만 그건 넘어가고…….

＊＊＊

"열어봐도 돼?"

마이랑 사츠키 양과 벌인 결전을 마치고, 두 사람이 무사히 화해한 다음 날.

슬슬 다들 일어날까, 하고 사츠키 양의 생일 파티도 마무리될 무렵, 사츠키 양이 나를 바라보며 불쑥 물었다.

"아, 네. 열어보시죠."

"응."

큰일이야, 긴장되기 시작했어.

카호 짱이나 아지사이 양이 건넨 선물은 틀림없이 기뻐하겠지만, 나는 무난함의 극치인 선물을 골랐으니까……. 100점은 못 받더라도 낙제는 아니라고 생각하지만…….

"어머."

포장지를 뜯자, 작은 용기가 나왔다.

"향이 나는 배스 솔트인데…… 그, 사츠키 양은 목욕을 좋아하는 것 같아서."

"그렇구나."

고맙다도, 기쁘다도 아니고, 사츠키 양의 대답은 『그렇구나』였다.

어? 뭔데?! 왜 납득하는 거야?!

나는 바로 조마조마해졌다. 아니, 정답이었을 텐데……! 그치만 뭔가, 멋있어 보이잖아?! 인터넷에도 그렇게 쓰여 있었고!

그런데 아지사이 양이나 카호 짱, 게다가 마이가 준 선물에도 기뻐하던 사츠키 양이 나한테만 『그렇구나』라고 반응한 건 너무 불길했다.

큭, 심장이 벌렁거려……. 식은땀이…….

나는 실수한 걸까……?

각자 계산을 마치고서 카페에서 나가려고 했을 때, 사츠키 양이 살짝 귓가에 속삭였다.

"아마오리."

"네, 넵."

쿡쿡 웃는 소리.

"이런 걸 선물하다니, 또 같이 목욕하고 싶다는 뜻이야? 나 참, 정말 너는 엉큼하구나."

머리가 폭발할 것 같았다.

"아, 아냐! 아니에요!"

이어지는 웃음소리. 유쾌한 기색으로 걸어가는 사츠키 양의 뒷모습을 향해 나는 필사적으로 손을 뻗었다.

잠깐, 저기요!

아니거든요—?!

Friends?
Lovers?
NA
NATA-
N A R

제3권 쇼트 스토리

레나코

아지사이

레나코

아지사이

아마오리 레나코—— 나는 꿈을 자주 꾸는 편이다. 기본적으로는 직전에 플레이했던 게임이나, 방금 본 만화에 고스란히 영향을 받은 꿈만 꾸곤 하지만.

"……어쩐지 나쁜 꿈을 꾼 것 같아……."

커튼 틈 사이로 아침 햇살이 비치는 방 안에서, 침대에 앉아 혼잣말을 중얼거렸다.

고등학교 1학년 여름방학. 마음껏 취미를 즐기는 나날을 보내며 최고로 행복한 기분에 잠겨 있었을 텐데, 충격적인 꿈 탓에 오늘은 어쩐지 몸이 무거웠다.

이날 꾼 꿈이 뭐였냐면…….

내가 친구인 오우즈카 마이의 초대를 받아 뭔가 아주 호화롭게 논 다음, 고급 호텔에 묵었고, 그리고 거기서…… 그게, 마이한테 키스를 당하는 꿈이었다.

아니, 사실은 키스를 당한 다음에도 이어지는 내용이 있었고, 거기선 키스보다도 훨씬 더 엄청난 짓을 당했지만……. 마이는 어디까지나 『레마 프렌드』니까 그냥 없었던 일로 치자.

"……나는 딱히 마이를 의식하고 있는 게, 절대 아니니까……."

아무도 듣지 못할 변명을 하면서 왠지 분한 마음이 들었다.

아무리 그래도 꿈속에까지 나타나 버리면 손 쓸 도리가 없다. 마이가 내 꿈에 들어올 수 있는 장치를 개발해서, 자신을 의식하도록 만드는 작전이라면야 그나마 대처법이 있겠지만…….

"아, 맞다."

순간 아이디어가 떠올랐다.

여름방학 동안 꿈 일기를 써 보자.

그래, 하루 종일 찜찜한 마음을 품을 바에야, 일기로 적고서 빨리 잊어버리자. 게다가 매일 일기를 써 보면 딱히 마이의 등장 빈도가 높은 것도 아니라는 사실을 한눈에 알 수 있겠지.

응, 좋은 아이디어일지도 몰라! 나는 곧바로 스마트폰에 오늘 꾼 꿈을 적어 내렸다. 키스를 당하고…… 아니, 문장으로 남기는 건 부끄럽네, 정말이지!

하지만 이걸 통해 제대로 된 통계 정보를 얻을 수 있다. 데이터는 거짓말을 하지 않는걸. 나는 안심하고서 바로 PS4 전원을 켠 후 세수하러 갔다. 간단하게 아침을 먹은 다음엔 하루 종일 랭크 매치를 돌릴 예정이다. 충실하게 여름방학을 보내는, 더할 나위 없는 방법이다.

그리고 그날부터 한동안 꿈 일기를 쓴 결과.

7월 모일

이날은 마이와 오토바이를 타고 밤을 질주하는 꿈을 꿨다. 왠지는 몰라도 추격자한테 쫓겨 다녔는데. 마이가 수수께끼의 힘으로 수수께끼의 추격자를 날려 버린 뒤, 수수께끼의 엔딩 테마송이 흐르는 가운데, 그 자리에서 마이한테 뭔가 엄청, 그, 엉큼한 짓을 당했다…….

7월 모일

이날은 사츠키 양과 손을 잡고 강가에서 산책하는 꿈을 꿨다. 어느 샌가 나는 위아래 속옷만 입은 차림이 되어서 황급히 그늘에 숨었는 데, 그러자 사츠키 양이 억지로 내 손을 잡아당겨서 창피했다. 그리고 사츠키 양한테도 키스당했다.

7월 모일

이제 완전히 국민적 아이돌이 된 아지사이 양이 무도관에서 라이브를 하는 모습을 아주 멀리서 지켜보고 있었다. 야광봉도 흔들지 않으면서, 주변 관객들한테 "쟤가 옛날에 제 친구였어요, 헤헤헤"라며 자랑하고 있었다. 완전 민폐였다.

7월 모일

높은 빌딩 옥상에서 뛰어내리는 꿈을 꿨다. 둥실둥실 하늘을 떠다니다 보니 공원 같은 곳에 도착했고, 그곳에는 마이가 기다리고 있었다. 빵을 잔뜩 받아서 냠냠 먹고 있었더니, 마이와 같이 목욕하게되었다. 가슴을 만지길래 분한 마음에 나도 가슴을 만져주었다. 부드러웠다.

7월 모일

놀랍게도 이날은 두 명이었다. 패밀리 레스토랑에 들어가니 마이와 사츠키 양이 있었다. 두 사람은 종업원인데도 내 자리에 와서 앉았다. 난처해하고 있었더니 좌우에서 마이와 사츠키 양이 나를 사이에 두고 싸우기 시작했다. 나는 아랑곳없이 둘이서만 싸움을 벌이면서도 어째선지 자꾸만 나한테 지분거렸고, 어느새 내 몸을 마구마구 갖고 놀기 시작했다. 엄청 자극적이었다…….

나는 쭉 기록된 꿈 일기 파일을 보면서, 부들부들 떨고 있었다.
"뭐야, 이게……."
나도 모르게 스마트폰을 벽에 던져 버릴 뻔했다.
"야한 꿈밖에 없잖아?!"
설마 이 정도일 줄이야. 『데이터는 거짓말을 하지 않는걸』이라면서 과거의 내가 생긋 웃고 있었다. 그 얼굴을 샷건으로 날려 버리고 싶다.
마음에 새겨진 자극적인 사건은 내 심층 심리에도 깊이 새겨지고 만 모양이다……. 으아앙—! 대체 어쩌다 이렇게 된 거냐고! 저는 아마오리 레나코! 순수하고 건전한 고등학교 1학년이에요!

여름방학을 보내는 최고의 방법.

그건 에어컨을 빵빵하게 틀어 놓은 방에서 하루 종일 게임을 하는 것이다. (단언)

하아, 즐거워, 너무 즐거워…… 매일 이런 생활을 하면서 살아가고 싶어…….

하루 두 번의 식사 시간과 목욕과 화장실을 갈 때를 제외하고, 계속 방에 틀어박혀 있었더니, 『어라? 나는 정말로 인싸가 되고 싶었던 게 맞나?』 싶은 의문이 든다. 그냥 다음 생에 할까?

집 안에만 있으면 남의 눈치를 볼 일도 없다 보니, 자신이 얼마나 처참한 수준까지 추락하고 있는지 스스로는 알 수 없는 법이다.

그래서 저녁 식사 때 여동생이.

"언니, 요즘 너무 막 사는 거 아니야?"

라고 말했을 때도, 애는 뭔 소릴 하는 거야……? 하고 눈살을 찌푸릴 뿐.

하지만 맞아.

전혀 손질하지 않은 머리는 덥수룩하게 자라서 푸석푸석. 다 늘어난 셔츠를 입고서 눈 밑엔 다크서클까지 생긴 나는 변명할 여지 없이 막장인 상태였다——.

"좋아, 동생아. 언제든 가보자고."

"하아."

일주일 만에 머리를 빗고, 옅은 메이크업까지 확실하게 마친 나는 운동복을 입고서 혼자 스트레칭을 하는 중이었다.

으음―, 아침 공기가 상쾌해!

아침 여섯 시. 우리는 집 근처에 있는 제법 큰 공원에 와 있었다.

이런 시간인데도 주변엔 산책을 즐기는 사람들이 꽤 많았다. 다들 성실하게 인생을 살고 있구나…… 하고 속으로 감동했다.

"딱히 언니가 막 살든 말든 상관은 없는데, 갑자기 왜 이렇게 의욕적이야?"

동생도 운동복 차림이었다. 중학교 체육복인데도, 여동생이 입으니까 세련되어 보이는 게 또 얄밉다.

"후후후, 동생아. 콩코드 효과라고 아느냐?"

"모르는데."

"이대로 투자를 계속하면 결국 손해라는 걸 알면서도, 그래도 지금까지 이만큼 투자했는데 이제 와서 그만둘 수는 없잖아! 라고 생각하는 심리 효과야."

"손해인 줄 알면 그만하면 될 텐데."

"(안 들리는 척) 뭐 요즘으로 치면『재미없네……』라고 생각하면서도 무료하게 모바일 게임을 계속하게 되는 심리에도 적용되는 말이지. 여태까지 쭉 시간을 들여서 육성해 왔던 게 그만두는 순간 전부 헛수고가 되고 마니까……."

"재미가 없으면 그만하면 될 텐데."

얘는 뼈 때리기 장인들만 사는 팩트별에서 온 건가?

나는 팔을 꾹꾹 당겨 스트레칭을 하면서.

"다시 말해, 여름방학을 게으르게 보내는 건 즐거워. 하지만, 그런 생활을 계속하면 내가 1학기 동안 해왔던 인싸로서의 노력이 물거품이 되고 마는 거야……. 그게 아까워서라도, 나는 여름방학 동안에도 어느 정도는 인싸로서 살아야 하는 거지……."

"뭐, 무슨 논리인지는 전혀 모르겠지만."

뭘 모르겠다는 거야? 이렇게 알기 쉽게 설명해 줬는데…….

발목을 세워 발끝으로 지면을 톡톡 두드리면서 여동생이 말했다.

"아싸든 인싸든 상관없이 그냥 평범하게 사는 게 좋다고 생각해."

정말로 섬세함이라곤 없는 발언이야……. 다수파의 교만함이 절절하게 느껴져…….

날 때부터 인싸였던 자를 향한 증오심을 무럭무럭 키우면서, 나는 입꼬리를 억지로 당겨 웃었다.

"그, 그렇게 됐으니 오늘은 잘 부탁해, 동생."

"아침 조깅에 따라오고 싶다는 거야 딱히 상관없는데, 나랑 같은 페이스로 뛰게? 언니, 고등학교에서 뭐 부활동 같은 거 하고 있었나?"

"아니, 귀가부인데. 뭐, 괜찮겠지, 작년까지 테니스부였고."

유령 부원이었지만.

"여유롭지, 여유—. 됐으니까 나는 신경 쓰지 말고 평소처럼 해도 돼."

“그렇다면야 뭐.”

공원 러닝 코스에 선 동생이 땅을 박차고 뛰기 시작했다.

나는 그 옆에서 나란히 숨을 고르며 달렸다.

맑은 아침 공기를 폐부 가득히 들이마시고, 내쉰다. 그 반복 동작이 왠지 기분 좋다.

점점 머리가 맑아지는 것 같다.

봐, 역시 여유롭잖아. 현역 배드민턴부라고 해도 겨우 이 정도인가.

애초에 남녀 모두 체력의 절정기는 17세부터 19세 정도라고 하니까. 여동생은 이제 13살이었나, 14살이었나. 반면 나는 15살. 절정기 나이에 가까운 건 나니까 여동생이랑 비교해도 크게 차이가 나진 않겠지. 응응.

그렇게 생각했던 건 50미터 지점까지였다.

저, 저기요, 페이스가 빠르지 않슴까?

순간 머릿속에 번뜩였다.

아항……. 이 녀석, 무리하고 있구나?

언니랑 같이 뛰는 거니까. 그러니까 자기도 모르게 허세를 부리게 되는 마음은 이해한다. 하지만 그러다간 금방 숨이 차버릴 텐데?

나 참…… 얼마나 버틸지, 어디 한번 기대해 보도록 할까. 응.

100미터 지점에서 나는 속도가 현격히 줄었고, 여동생에게 뒤처졌다.

후, 후후후후후…… 그 허세가 언제까지 갈지, 지켜봐 주도록 하지!

여동생은 속도를 유지한 채, 한 바퀴 차이를 내며 나를 앞질러 지나갔다.

두 바퀴 차, 세 바퀴 차…….

뭐야 이 녀석…… 괴물인가……?

마치 기계처럼 묵묵히 양다리를 움직여 러닝 코스를 빙글빙글 도는 여동생을 보며 나는 전율했다.

어쩌면 우리 집안에 올림픽 장거리 선수가 탄생할지도 몰라…….

***

이튿날 아침. 내가 화장실에 가려고 일어나자 마침 방에서 운동복을 입은 여동생이 나오던 참이었다.

"아, 언니. 오늘은 어쩔래?"

"어— 응."

나는 먼 산을 바라보았다.

"뭐라고 해야 하나, 조깅을 하면 인싸가 될 수 있냐고 묻는다면 꼭 그렇지는 않지. 조깅은 어디까지나 조깅이야. 문제의 본질은 그런 게 아니라 향상심을 잊지 말자는 점이라고 생각하거든."

어깨를 으쓱했다.

"그러니까 오늘은 안 해도 괜찮지 않을까. 오랜만에 뛰었더니 다리도 아프고, 나는 여태까지 해왔던 것처럼 내 페이스대로 너무

무리하지 않도록 노력할게. 그건 그것대로 힘든 일이지만——.”

　이미 여동생은 사라진 뒤였다.

　……………….

　하다못해 뭐…… 머리는 매일 빗을까…….

　나는『바른 생활』의 기준치를 크게 하향 조정한 뒤, 다시 에어컨이 빵빵하게 틀어져 있는 내 방으로 돌아갔다. 아침에 한 번 더 잠을 즐기는 것이야말로 여름방학을 보내는 최고의 방법이니까………….

막간 1.5장 레나코와 사츠키의 여름방학

여름방학 중 어느 날, 오랜만에 학교 꿈을 꿨다.

그렇지만 나쁜 꿈은 아니고, 평화로운 꿈이었다. 교실 안에 내가 있고, 마이가 있고, 아지사이 양, 사츠키 양, 그리고 카호 짱까지 다섯 명이서 점심시간에 즐겁게 떠들고 있었다.

꿈속의 나는 딱히 낯가림도 없고, 멘탈 포인트가 바닥나지도 않았고, 꾸밈없이 웃고 있었던 것 같다.

잠에서 깬 나는 문득 생각했다.

어라……?

외로워…….

방구석 외톨이였던 내가 설마 여름방학 동안 아무와도 대화를 나누지 않았다는 이유만으로 이런 외로움을 느끼다니. 이건 나도 영혼이 인싸로 물들어 가고 있다는 증거일까.

나는 스마트폰을 켜서 친구들과 주고받았던 메시지를 다시 읽어 보았다.

마이는 종종 연락을 보낸다. 여름방학엔 일 때문에 여기저기 바쁘게 돌아다니는 모양인지, 첨부되어 오는 셀카는 『엥? 거긴 어디야?』라고 묻고 싶어질 정도로 낯선 장소가 많았다. 셀카만으로 사진집 한 권을 완성할 기세다.

하지만 다른 친구들은 간혹 카호 짱이 약 올리는 듯한 스탬프를 보내는 정도. 애초에 내가 먼저 연락하는 일이 없으니까 그럴

만도 하지 싶지만.

아마 아지사이 양에게『외로워서……』라고 메시지를 보내면 잠시 시간을 내 줄 것 같지만……. 그래도 나 같은 녀석의 어리광으로 아지사이 양의 소중한 시간을 빼앗을 수는 없지…….

그때 좋은 생각이 번뜩였다.

그래, 그 방법이 있었지! 바로 가방에 학교 숙제를 챙긴 뒤, 외출할 준비를 했다.

다녀오겠습니다―, 하고 인사하고서 현관을 나섰다.

밖은 무지막지 더워서,『이제 외로움은 아무래도 좋지 않아……? 그냥 에어컨이 있는 우리 집이 최고잖아……』하고 의욕이 팍 시들면서도, 전철을 타고 옆 동네로 향했다.

“어서 오세요…… 큭.”

나는 싱글벙글 웃으며 계산대 앞에 줄을 섰다.

“오렌지 주스 M 사이즈 주세요!”

“공원에서 물이나 마시지 그래?”

“설마하니 주문 거부?!”

나는 대놓고 지긋지긋하다는 티를 내며 손님을 맞이하는 미소녀―― 사츠키 양에게 소리쳤다.

여름방학, 바쁜 시간대를 피해서 방문한 퀸 도넛은 손님도 별로 없어서 이런 잡담을 나눌 만한 여유가 있었다.

“그보다 왜 굳이 이 가게에 온 거야. 도넛 정돈 편의점에서도 팔잖아.”

“그럴 수가, 점원이 스스로 도넛 전문점의 존재 가치에 의문을 제기하는 발언을…….”

나는 추로스를 같이 주문한 후, 가게에서 먹을게요, 라고 덧붙였다.

귀여운 유니폼을 입은 사츠키 양은 투덜거리면서도 음식을 트레이에 담아 건네주었다.

“여기요.”

“와— 감사합니다.”

싱글벙글 웃으면서 받았더니, 혀를 찼다. 무셔.

나는 카운터 근처의 2인용 테이블에 앉아 노트를 펼쳤다.

역시. 여기 오면 틀림없이 사츠키 양이 있을 줄 알았거든. 여름 방학엔 아르바이트 시간을 늘릴 것 같았으니까.

아니, 딱히? 나는 외로워서 사츠키 양을 만나러 온 건 아니고, 그냥 단순히 기분 전환 삼아 밖에서 숙제나 하려고 마음먹었을 뿐이니까요!

그러니까 이건 합법이다. 이야—, 설마 사츠키 양이 마침 일하는 시간이었을 줄이야—!

아까부터 사츠키 양이 카운터 안쪽에서 찌르듯이 날카로운 시선으로 바라보고 있는 듯한 느낌이 드는데…… 그야 점원이 손님을 보는 건 당연하니까…… 그냥 우연이겠지…….

미묘하게 가시방석 같은 기분을 느끼고 있을 때, 카운터에 다른 손님이 다가갔다.

“어서 오세요. 매장에서 드시고 가세요? 아니면 포장해 가시

나요?”

앗, 사츠키 양이 손님 응대를 하고 있어!

빈틈없이 미소 짓고 있어! 대단해! 말투도 매끄러워! 귀여워! 동서고금을 막론하고 남녀노소가 마음을 빼앗기기에 모자람 없는 미소녀의 모습! 제법이야, 코토 사츠키!

헤헤, 쟤가 제 **친구**라고요, 헤헤헤…….

사츠키 양은 열심히 하고 있구나. 좋아, 나도 숙제 열심히 해야겠네!

나는 의욕이 솟아 숙제를 해치우기 시작했다.

때때로 정수리에 날아와 박히는 듯한 강렬한 시선에 몸을 떨면서………….

긴장감이 있네……………….

그래도 내가 계속 눌러앉아 있기로 마음먹은 뒤부터는 시선도 많이 줄어들었다.

사츠키 양은 나라는 존재를 무시하기로 결심한 걸지도 모른다. 가게에서만 그런 거지? 앞으로 인생 내내 무시하려는 건 아니지? 그치?

불안감을 떨쳐내지 못한 상태로 두 시간쯤 지났고. 가져온 숙제도 꽤 많이 진척돼서 슬슬 집에 갈까, 싶었을 때.

바로 앞자리에 누군가가 다가와 앉았다. 으왓.

깜짝 놀라 고개를 들자, 그건 유니폼을 벗고 평상복으로 갈아입은 사츠키 양이었다.

“잘도 저질러 줬네, 아마오리.”

“어? 저는 아무 짓도 안 했는데요?!”

“감히 내 시야에 들어오다니.”

“그런 걸로 화를 낼 상대는 기껏해야 벌레 정도 아닌가요?! 저
는 그냥 공부를 했을 뿐인데—?!”

나는 소리쳤다. 그렇다, 지금처럼 나중에 추궁당하더라도 변명
할 수 있도록, 미리 핑곗거리를 마련해 둔 거였다. 나는 켕기는
짓 한 적 없어, 안 했어…….

하지만 스스로 몇 번씩 되뇌어도, 겨우 그 정도론 사츠키 양의
위압감을 이겨낼 수 있을 리 없었다.

“죄, 죄송합니다…….”

“자기는 안전지대에 머무르면서, 일하는 중이라 꼼짝할 수 없
는 나를 구경거리로 삼다니 배짱도 좋네.”

“여름방학 내내 방에만 틀어박혀 있었더니! 갑자기 누구든 아
는 사람을 만나고 싶어져서! 그렇다고 다른 사람의 시간을 빼앗
긴 미안해서 그만 가게에 찾아오고 말았어요!”

나는 순식간에 모든 사실을 털어놓았다.

너무 약해…… 마음이…….

사츠키 양은 날카로운 눈을 가늘게 떴다.

“그런 점.”

“뭐, 뭐가요……?”

“배를 까고 항복하면 더 이상 공격하지 않을 줄 아는 모양인데,
나는 열받으면 설령 강아지라도 밟아 버릴 거야.”

“히익.”

여기서 더 사츠키 양의 적의를 받았다간 진짜로 배를 까고 항복하게 될 것 같다.

그런데 그 순간, 사츠키 양은 한숨을 쉬면서.

“하지만 가게에서 네가 울음을 터트리기라도 하면 그냥 민폐일 뿐인걸. 나는 품행 바른 우등생인 척하고 있어. 그런 만큼 문제를 일으키고 싶진 않거든.”

사츠키 양, 원래 성격 그대로라면 문제를 일으킬지도 모른다는 건 자각하고 있었구나…… 하고 생각했다.

“쓸데없는 참견이야.”

“또 내 마음을!”

“그래서? 어디까지 했어?”

“……뭘요?”

“숙제. 보여줘 봐.”

“앗.”

사츠키 양은 내 노트를 빼앗아 휙휙 넘겼다. 노트를 본 사츠키 양의 목소리가 누그러졌다.

“흐응. 의외로 성실하게 하고 있는걸.”

성실하게 숙제하길 잘했다—!

진심으로 안도했다. 장하다, 과거의 나. 여기서 진척도가 쓰레기 수준이었다면 사츠키 양한테 무슨 소릴 들었을지 알 수 없으니까. 폐인 취급을 당했을지도.

“여전히 도형 문제에 서투르구나. 이 부분 틀렸어.”

“어? 정말로?”

“휴식 시간, 30분밖에 없으니까.”

사츠키 양은 그렇게 말하고서 머리카락을 귀 뒤로 쓸어 넘기며 나를 향해 사나운 미소를 드러냈다.

“여름방학 특별 보충. 오늘은 전처럼 살살해 주지 않을 테니까 각오하도록 해.”

“히익.”

나는 비명을 지르면서도 살짝이지만 기뻤다.

오늘 아침 꿨던 꿈 같은 화기애애한 시간은 아닐지도 모르지만, 사츠키 양이 관심을 준 덕에 외롭다는 기분은 씻은 듯이 사라졌으니까.

그러나 30분 후. 그곳엔 평소보다 힘들었던 레슨 탓에 마음이 너덜너덜해진 아마오리 레나코가 있었다. 사츠키 양은 일터로 복귀했다.

나, 두 번 다신 사츠키 양한테 장난치지 않을 거야……. 아마 안 할 것 같아. 안 하지 않을까? 뭐, 조금은 그럴 마음을.

카운터 안쪽에서 또다시 노려보는 시선이 꽂힌다.

히익, 안 할게요!

내가 TV를 보는 건 거실에 있을 때뿐. 즉, 식사 시간 전후와 목욕을 마치고 나왔을 때다. 내 방 TV는 튜너에 연결해 두지 않았으니까.

아무튼 그래서 점심 식사 시간.

오늘은 쉬는 날이었던 엄마가 삶아 준 소면을 여동생과 둘이서 후루룩 먹고 있었을 때, 점심 방송에서 요전번 패션쇼 영상이 나왔다.

"오— 마이다."

모니터를 통해 마이의 모습을 보는 것도 이젠 익숙해졌다.

왜냐하면 마이는 무려, 매주 저녁 타임 방송에 고정 출연하고 있기 때문이다……. 잘나가는 모델이라고 듣긴 했지만, TV에도 나온다니 어깨가 움츠러든다.

마이는 오우즈카 마이라는 캐릭터를 연기하며, 연예인 게스트가 고른 코디에 조언을 해주거나, 모델이 되어주고 있었다.

나오는 장면이 많진 않아도 당연한 듯 토크까지 하고 있어서, 정말 연예인이구나…… 하고 이중으로 놀라게 된다.

여동생이 매주 녹화하고 있는 만큼 나도 그 방송에 빠삭해졌다. 동생이 식사 중에 자주 틀어 놓기도 하니까. 내가 보고 싶은 건 아니지만 말이지. 여동생이, 응.

그렇게 갑자기 등장한 마이의 모습에 동생이 "와아" 하고 들뜬 목소리를 냈고, 왠지 모르게 가족 셋이서 TV를 시청하는 흐름이 됐는데.

"마이 선배, 1년 수입이 얼마나 될까……."

"속물적이네!"

"아니, 그치만 궁금하지 않아?"

여동생은 스마트폰으로 뭔가 검색해 보기 시작했다.

"모델의 평균 연봉은 200만 엔에서 300만 엔 사이래."

"아니아니아니, 걔는 그것보단 확실히 더 많이 벌어."

그렇지 않다면 연회장을 통째로 빌릴 수 없었을 테니까.

"아, 전속 모델이면 잡지 하나로 한 달에 100만 엔을 받는 사람도 있대. 거기다 슈퍼 톱 모델이면 연 수입이 30억 엔인 사람도 있구나……."

"애초에 마이는 모델이야? 이젠 그냥 탤런트 아냐? TV 출연료도 받고 있을 것 같잖아."

"그건 그래. 엄마가 회사 사장? 이라고 했으니까 임원 보수도 받고 있을지도."

"수입원만 세 개인가……."

나는 손가락을 꼽아 보았지만, 그걸로는 구체적인 금액을 가늠할 수 없었다. 아마 엄청 많이 벌고 있겠지.

하아, 하고 여동생이 한숨을 쉬었다.

"나도 배드민턴을 치기만 해도 매일 3천 엔씩 받으면 좋겠네."

"쟤를 기준으로 생각하면 인생의 모든 게 허무해질 것 같으니까 그만둬."

그렇게 말했더니 또다시 한숨 소리가 들렸다. 이번엔 엄마다.

"엄마도 선견지명이 있었다면 너희 둘 다 연예 기획사에 넣었을 텐데."

『아니아니아니.』

우리는 한 목소리로 외쳤다.

"저 정도까진 안 됐겠지, 저 정도까진."

TV 너머의 마이를 가리키자, 엄마는 "어머" 하고 고개를 갸웃거렸다.

"하긴, 성공하려면 운도 필요하겠지만."

"무슨 운만 있었으면 됐을 것처럼 말하네!"

내가 소리쳤다. 화면이 다음 코너로 넘어가자, 여동생도 낙관적으로 웃었다.

"하지만 꼭 그러지 않아도 우리 집엔 아직 기회가 남았잖아. 그치? 언니."

어깨를 토닥이며 그런 소릴 해도 곤란합니다.

나는 마이랑 결혼 같은 거 안 할 거거든요!

Friends?
Lovers?
NAR
ATA-
NA

제4권 쇼트 스토리

이야, 위력이 엄청나네……

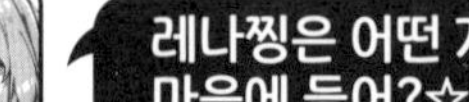

레나찡은 어떤 게
마음에 들어?☆

으엑?! 뭐라고 해야 하나 특별히
이게 마음에 든다 싶은 건 없는데
그야 카호 짱은 전부 귀엽다 보니 하나도 빠짐없이
마음에 든다고 해야 할까 어디까지나 업무의 일환으로
들었을 뿐이니까! 그냥 촬영회를 성공시키기 위한
도구 같은 거니까! 응!

문이 열리는 소리.

"앗, 저기, 레나코 씨 맞죠?!"

"우와, 감동이에요. 저, 예전부터 쭉 레나코 씨의 열렬한 팬이라."

"아, 죄송합니다. 제가 이번 메이크업 담당이에요. 모쪼록 잘 부탁드립니다!"

"사실은 레나코 씨의 오늘 무대, 휴가를 내고 보러 갈까 말까 계속 고민했거든요. 그런데 설마 레나코 씨를 담당하게 될 줄은, 하아아아……♥ 여태까지 살아온 모든 인생이 성공한 기분이에요……♥"

"죄송합니다, 죄송합니다, 저만 실컷 떠들어서. 일은 제대로 할 테니까요! 네, 걱정하지 마세요. 레나코 씨를 더욱 예쁘게 꾸미는 데에 한몫 보탤 수 있다니, 하아♥ 행복해요♥"

"그럼…… 시작할게요♥"

(우와, 대박……♥ 그 유명한 아이돌 레나코 씨에게 메이크업 해 드릴 수 있다니, 엄청 긴장돼……♥)

"머리카락 조금만 만지, 만지도록, 저기, 만지겠습니다……♥"
(꿀꺽)

(히에엑……♥ 침 삼키는 소리 엄청 크게 울렸어……♥ 다 들렸겠지……? 창피해……♥)

(우와♥ 머리카락이 찰랑찰랑……♥ 역시 아이돌♥ 정말 부드러워……♥)

"앞머리를 고정하고……. 그러면 기초 메이크업부터 시작할게요. 뭔가 신경 쓰이는 점이 있다면 아무리 사소한 거라도 말씀해 주세요♥"

"어? 언제부터 팬이 되어준 거냐고요?"

"그야 물론 레나코 씨가 태어난 그날부터♥ 아니, 아무리 그래도 그, 그건 농담이에요. 기, 기분 나빴죠, 아하하……."

"퇴근길에 우연히 무대에 선 모습을 봤어요. 쇼핑몰에서 레나코 씨가 노래하는 모습을요. 저, 아이돌을 본 건 처음이라, 우와, 이렇게 귀여운 애가 현실에 있구나♥ 라는 생각이 들어서……. 네, 처음은 비주얼에 팬이 됐어요♥ 예쁜 얼굴이 마음에 들어서♥”

“이후론 계정을 팔로우하고, 활동하는 모습을 매일 빠짐없이 지켜봤는데♥ 그랬더니 레나코 씨가 매일 굉장히 열심히 노력한다는 걸 알게 됐어요♥ 이렇게 귀여운데 거기다 노력까지 하고 계시잖아요♥ 그런 모습엔 모든 인류가 좋아하게 될 수밖에 없잖아요♥”

“저, 제가 아이돌 팬이 될 줄은 정말 상상도 못 했는데 이제는 홀딱 빠졌어요♥ 인생은 만남이네요♥ 저와 만나 주셔서 감사합니다, 레나코 씨……♥”

(하아, 레나코 씨 피부 정말 예뻐♥ 언제까지고 이렇게 있고 싶어♥ 마치 꿈만 같아♥)

“눈 주변 메이크업 할게요. 잠깐만 눈을 감아 주실 수 있나요?”

(정면으로 돌아가서…… 와아……♥ 눈을 감고 있는 레나코 씨, 너무 아름다워……♥ 아이돌의 얼굴을 코앞에서 본다니, 범죄적……♥)

(이렇게 가까이서 레나코 씨를 바라볼 수 있다니……♥ 다른 팬 모두들, 정말 미안해……♥ 그래도 나, 태어나길 잘했어♥)

(머릿속이 번쩍번쩍해♥ 아무것도 생각할 수 없어♥♥♥)

"앗, 조, 조금만 더 기다려 주세요! 죄송해요!"

(안 되지, 안 돼♥ 일해야지♥ 레나코 씨, 이제 곧 스테이지에 설 거니까, 내가 레나코 씨의 매력을 더욱더 전해주는 거야……♥)

(으…… 하지만 레나코 씨가 지금보다 더 아이돌로 유명해지면…… 아니, 분명히 유명해지겠지만, 나 같은 스타일리스트는 절대 불러주지 않겠지…….)

(……아냐, 그래도 괜찮아. 나는 착한 팬이니까. 레나코 씨가 행복하다면 나도 행복해♥)

"네, 눈가 끝났습니다. ……앗! 갑자기 눈을 뜨시면, 안 돼요……♥ 얼굴이 코앞이라……♥ 두근거리게 되잖아요……♥"

"레나코 씨, 솔직히 말해서 너무 귀여우시니까♥ 아이돌로서 좀 더 자각을 가져 주시겠어요? 자신이 귀엽다는 걸……♥"

“네, 다음은 전체적으로 가볍게 정리한 다음 립을 바르면 끝이
에요. 시, 실례할게요……♥”

(하아………… 입술 주름까지 선명하게 보여……♥ 브러시로
정성스럽게 라인을…… 슥, 슥, 슥…… 이렇게♥)

“엇, 앗, 립 바르는 거, 기분 좋으신가요? 에, 에헤헤…… 감사
합니다♥”

“레나코 씨를 향한 좋아해요♥라는 마음이 저도 모르게 담긴
걸까요♥ 부끄러워요♥”

(아아, 하지만 이제 메이크업이 끝나버려……♥ 끝나버리는구
나♥)

(무대까진 아직 조금 시간이 있으니까…… 조금만, 조금만
더……♥)

“저, 정말로 레나코 씨의 열렬한 팬이라서, 레나코 씨가 기뻐해
주실 만한 일이 있다면 뭐든지 하고 싶어요♥ 시켜주시면 기쁠
거예요♥”

“네? 뭐라고요? 제 이름, 말인가요?”

"다음에 또 스케줄이 비어 있을 땐 꼭 와달라니, 어, 어어어어어?!"

"죄, 죄송해요, 갑자기 큰 소리를 내서…… 저, 정말인가요?!"

"앗, 죄송합니다……. 눈물을 보여서, 이건, 그게, 그런 게 아니고, 기뻐서……. 그 유명한 아이돌 레나코 씨가 또 불러 주신다니……."

"네, 저 다음에도 열심히 할 테니까요! 세상에서 제일 귀여운 레나코 씨의 힘이 될 수 있도록 열심히 할 테니, 언제든 불러 주세요. 레나코 씨라면 24시간 언제든지 지구 반대편에서라도 날아올 테니까요!"

"왜냐하면 저…… 레나코 씨를 세상에서 제일♥ 좋아♥ 하니까요♥♥♥"

＊＊＊

실사용 유저 리뷰 : 아마오리 레나코

제가 마치 진짜 아이돌이 된 것만 같은 현장감을 느꼈고, 흐뭇

흐물해지도록 떠받들어 줘서 자존감이 향상됐습니다. 예전에 백
화점에서 메이크업을 받았을 때가 떠올랐습니다. 그때도 엄청 긴
장했었는데 언니가 친절해서 기뻤습니다. 별 5개.

문이 열리는 소리.

"하아, 다녀왔어, 엇차."

"레나코 짱, 오늘도 일하느라 지쳤어. 언니를 치유해 줘."

"하아, 옳지 옳지, 착하다……♥ 레나코 짱은 오늘도 귀엽구나♥"

"언니 있지, 레나코 짱이 집에서 기다려 주니까 오늘 하루도 열심히 할 수 있었어. 레나코 짱이 없는 생활은 정말 상상할 수 없다니까♥"

"앗, 싫어, 다른 데 보지 말아줘, 레나코 짱. 싫어싫어싫어♥ 자, 이리 오렴, 언니 품속으로, 자자 어서♥"

"응♥ 착하지 착해, 정말 착한 아이구나, 레나코 짱♥ 하아, 우리 레나코 짱은 세상에서 제일 귀여워♥ 꼬옥♥"

"레나코 짱은 따뜻하네♥ 앞으로도 쭉 언니 품속에서 지낼래?

안 돼? 에이~♥”

“흥흥, 됐어♥ 그럼 주인님이 먹을 걸로 길들여 줘야겠는걸♥ 자, 레나코 짱, 오늘은 특별히 맛있는 걸로 준비했거든~?”

“앗, 눈빛이 변했네―♥ 참―, 속물적이라니깐♥”

“레나코 짱은 언니보다 먹을 게 더 좋은 걸까나?♥ 아니지? 언니도 좋아하지?♥ 뭐―? 그래도 좋아♥ 밥 가져다주는 언니 취급이라도♥ 그 순간만큼은 사랑해 준다면야 그걸로 좋은걸♥”

“자아― 밥이랍니다―♥ 같이 먹자♥”

“인 척하면서…… 꼬옥♥♥♥”

“하아, 레나코 짱은 좋은 냄새가 나네♥ 해님의 향기야♥ 머리카락도 폭신폭신 달콤해서 레나코 짱을 먹어버리고 싶어져♥”

“언니는 있지, 귀엽고 사랑스러운 레나코 짱이 살아 있는 것만으로도 행복해♥ 이렇게나 귀여운걸♥ 언제까지나 언니랑 같이 살자♥ 앞으로도 쭉 언니의 애완동물로 있어 줘, 레나코 짱♥”

“앗, 미안해, 레나코 짱♥ 밥 먹어야지♥ 언니가 아― 하고 먹여줄까? 아하하, 부끄럽구나? 미안해♥ 자, 맛있게 먹어♥"

"레나코 짱, 그밖에도 뭔가 언니가 해 줬으면 하는 거 있어? 뭐든 괜찮아♥ 언니가 매일 일하는 것도 레나코 짱을 위해서니까♥"

"그러니까 뭐든 말해줘. 어? 더 맛있는 밥을 먹고 싶어? 그렇구나♥ 그러면 다음에는 엄청 맛있는 걸 사 올게♥"

"어떤 응석을 부려도 좋아♥ 레나코 짱이 어떤 응석을 부려도 다 받아줄게♥ 레나코 짱은 귀여운걸♥ 귀여우니까 응석을 부려도 괜찮아♥ 당연한 거야♥"

"귀여운 레나코 짱은 살아 있는 것만으로도 대승리♥ 숨을 쉬는 것만으로도 우승♥ 하아, 정말 너무 귀여워♥ 치사해♥ 하지만 언니는 귀여운 레나코 짱처럼 될 수 없으니까, 그래서 이렇게 귀여운 레나코 짱을 눅진눅진해질 때까지 아껴주는 거야♥"

"다음 쉬는 날에는 하루 종일 둘이서 뒹굴거리자♥ 귀여운 레나코 짱만 있으면 다른 건 아무것도 필요 없는걸♥"

"세상에서 제일 사랑해, 레나코 짱♥ ♥ ♥"

＊＊＊

실사용 유저 리뷰 : 아마오리 레나코

제가 애완동물이 된다는 전개가 상당히 의외였지만 잔뜩 칭찬을 받을 수 있었던 덕에 자존감이 향상됐습니다. 매일 뒹굴거리고, 언니가 먹여 살려주는 생활은 최고라고 생각합니다. 저도 살아있는 것만으로도 칭찬받고 싶습니다. 별 5개.

문이 열리는 소리.

"아, 레나코 씨, 다녀오셨어요……♥"

"다행이다, 오늘은 다른 여자애한테 가지 않고 집에 와주셨네
요……♥ 앗, 아뇨, 아무것도 아니에요!"

"아, 그렇지, 식사 준비 해놨어요! 자, 잠깐만 기다려 주세요,
금방 데워 올 테니까."

"엇, 드시고, 오셨나요? 그런가요……. 아, 아뇨아뇨, 별로 아
쉽다거나, 그런 건 아니에요. 제가 멋대로 만들었을 뿐이니까요,
어어…… 저기, 죄송해요. 신경 쓰시게 해서."

"그것보다, 뭔가요? 어…… 돈, 말인가요……?"

"하지만 그저께도, 레나코 씨한테, 드린 참인데……."

"앗, 아뇨, 아니에요! 말대꾸하는 게 아니라! 그저, 저도 이번
달엔, 그다지 여유가 없어서……. 보, 보세요, 지갑 안도 텅텅. 당

분간 이걸로 생활해야 해서…… 그래서, 네, 죄송합니다…….”

“앗, 어……? 쓰, 쓰다듬어 주시는……? 아, 아아, 쓰다듬는 거 좋아해요……. 마음껏 쓰다듬어 주세요♥ 레나코 씨의 손바닥, 따뜻하고, 부드러워서, 좋아요……♥ 너무 귀여운 레나코 씨, 좋아해♥”

“너무 무리하지 마, 라니, 그런 다정한 말까지……♥ 정말, 두근거림이 멈추질 않아요♥ 돈도 못 드리는데도 레나코 씨, 상냥해♥ 좋아해요♥ 좋아한다는 마음 말곤 전부 사라져 버려요♥ 사랑해요♥”

“어…… 저, 저기, 갑자기, 일어서시고는…….”

“어디 가세요? 가겠다니, 어, 어째서……?”

“제가 돈이 없어서, 인가요……? 그, 그럴 수가……! 레나코 씨, 방금은, 무리하지 말라고…… 아아, 으으…… 싫어, 싫어싫어, 가지 마세요, 싫어싫어싫어, 레나코 씨.”

“저, 레나코 씨의 여자친구, 맞죠……?! 그렇다면, 이렇게나 여자친구가 레나코 씨에게, 가지 말아 달라고 애원하고 있다고요……. 저기, 레나코 씨, 부탁이에요……. 저, 정말로 돈이 없어서, 죄송해요, 죄송해요! 대신 다른 거라면 뭐든지 할 테니까⋯⋯. 맛있는 밥도, 만들 테니까⋯⋯. 오늘은 함께 있어 주세요⋯⋯ 네? 부탁이에요, 레나코 씨, 네⋯⋯?♥"

"귀여운 레나코 씨를 위해서라면 저, 뭐든지 할 테니까요♥ 뭐든, 괜찮으니까⋯⋯♥ 레나코 씨, 어때요⋯⋯♥ 같이 놀아요⋯⋯♥ 아니, 저를 갖고 놀아주세요, 레나코 씨⋯⋯♥ 저를 장난감처럼 취급해 주세요⋯⋯♥"

"어⋯⋯? 돈 많은 여자를 찾았으니까, 그쪽으로 갈아타려고 한다니⋯⋯."

"거, 거짓말이죠⋯⋯? 레나코 씨⋯⋯."

"그, 그런⋯⋯. 싫어, 싫어요⋯⋯ 레나코 씨, 싫어, 가지 마세요, 헤어지지 말아줘요⋯⋯. 저, 레나코 씨 없이는 무리예요⋯⋯. 살아갈 수 없다고요⋯⋯."

"싫어, 싫어싫어, 헤어지지 말아줘요, 레나코 씨⋯⋯. 싫어, 싫어, 싫어요, 가지 마⋯⋯. 좋아해요, 사랑하니까⋯⋯ 네? 레나코 씨, 사랑하니까⋯⋯ 헤어지지 말아줘요⋯⋯."

"어차피 내 얼굴만 좋아하는 거잖아? 라니⋯⋯. 그, 그렇지 않아요! 확실히 레나코 씨는 아주아주 미인이고, 귀엽고, 외모가 엄청 제 취향이라 평생 바라만 봐도 두근거려서, 행복해지지만요…… ♥ 그, 그래도 그것만 좋아하는 건 아니에요!"

"저, 저는 레나코 씨의 모든 점을 좋아해요……. 정말 좋아요……. 그러니까 부탁이에요…… 다른 여자애 곁으로 가지 마세요……. 으으, 저기, 저…… 아직 조금이라면 저축한 돈이, 있어서…… 그러니까, 그걸로……."

"거, 거짓말을 했던 건 아니에요! 그런 게 아니에요! 이건 정말 중요한 돈이라…… 그래서, 그게…… 으으……. 하지만 괜찮아요……. 레나코 씨를, 가장 사랑하는 사람은, 다른 여자애가 아니고…… 저인걸요……."

"앗…… ♥ 레나코 씨, 꼭 안아주셨어…… ♥"

"미안해, 고마워, 라니…… ♥ 아아…… ♥ 아뇨, 괜찮아요…… ♥ 그야 레나코 씨도 돈이 필요하신 거니까요…… ♥ 레나코 씨의 도움이 될 수 있다면, 에헤헤…… ♥ 제가 다음 달부터 또 열심히 일하면 그만인걸요…… ♥"

"기뻐요, 레나코 씨♥ 꼬옥 안아주고, 쓰다듬어 주고, 그렇게 다정한 말까지 해주셔서♥ 에헤헤, 풀코스네요♥"

“네, 고맙습니다♥ 저도 좋아해요, 레나코 씨, 제일 좋아해요♥ 앞으로도 레나코 씨의 여자친구로 있게 해주세요♥ 다른 사람을 의지할 바에야, 누구보다도 저를 제일 의지해 주세요♥ 헤어지자는 말 같은 건 하면 안 돼요♥ 슬퍼요, 불안해져요♥ 레나코 씨, 심술궂어요♥”

“어? 지금 바로 돈을 인출하러 편의점으로 가자고요? 아, 알겠어요. 바로 준비할게요. 앗♥ 단둘이 편의점 데이트네요♥ 신난다, 레나코 씨와 외출, 기뻐요♥ 바로 근처라도 상관없어요♥ 둘이서 가는 거니까 데이트인걸요♥”

“에헤헤, 오랜만의 데이트, 기뻐……♥ 자, 갈아입고 왔어요. 현금 카드도 잘 챙겼어요♥ 우리 아이스크림도 사 와요♥ 에헤헤, 팔짱 낄게요♥ 다정한 레나코 씨, 좋아해—♥”

“저, 레나코 씨, 사랑해요♥ 저는 레나코 씨와 함께 있을 때가 제일 좋아요♥ 하아, 정말 귀여워, 레나코 씨♥ 아름다워요♥ 사랑해요, 레나코 씨♥ 앞으로도 쭉 함께해요, 레나코 씨♥ 꼭이요 ♥♥♥”

＊＊＊

실사용 유저 리뷰 : 아마오리 레나코

처음 제목을 봤을 땐, 정말 말도 안 되는 파일을 보냈구나, 카호 짱, 이라고 생각했는데 신기하게도 이걸 듣고 자존감이 향상됐습니다……. 어째설까요, 여자친구가 불쌍한데…… 대체 뭘까요……? 새로운 문을 열고 만 듯한 기분입니다. 별 5개.

대
가
여
연
인
이
될 수 있을 리
없
잖아,
무
리
무
리
(※무리가 아니었다?!)

Friends?
Lovers?

제5권 쇼트 스토리

아지사이 양, 사츠키 양+카호 짱,
그리고 마이의 SS가 포함되어 있어요!

마이

농구할 때 레나코, 무척 빛나고 있었지.

아지사이

후훗. 물론
마이 짱도 멋있었어.

마이

고마워.
너를 위해 분발했어, 아지사이.

아지사이

아, 아이참. 놀리지 말아줘~. 에헤헤⋯⋯.

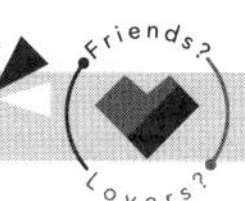

"죄송합니다…… 하지만 제가 아무런 고생도 없이 아지사이 양한테 키스를 받을 수 있는 입장이 된다면, 앞으로 미래에 어떤 괴로운 일이 있어도『그치만 아지사이 양한테 키스를 받을 수 있는 걸』이라는 생각에 어떤 일에도 진지한 태도를 보이지 않는 나태한 인간이 될 거예요……."

"그, 그렇지 않아……."

"그렇다고요……. 아니 그보다 이미 그렇게 됐었어요. 저는 그런 미래를 바꾸기 위해서 시간을 거슬러 왔습니다."

"정말이라면 그게 더 놀라운 사실이야……."

그렇다――.

나, 아마오리 레나코는―― 아무런 고생도 없이 아지사이 양한테 키스를 받은 세계선에서 온 아마오리 레나코다.

그런 내가 어떠한 인생을 살았는가. 오늘은 그것에 대해 얘기하지.

고등학교 생활은 장밋빛으로 빛났다. 뭐니 뭐니 해도 내가 바라기만 하면 아무런 고생도 없이 아지사이 양한테 키스를 받을 수 있는 것이다. 이보다 더 자존감을 높여주는 일은 없다.

아지사이 양한테 듬뿍 사랑받으며, 3년간 최고의 고등학교 시절을 보냈다.

하지만 반대로 학교 성적은 어처구니없을 정도로 급락했고, 그 바람에 사츠키 양이 나한테 정나미가 떨어져 버렸다. 뭐, 그게 괴롭게 느껴지진 않았다. 왜냐하면 바라기만 해도 아지사이 양한테 키스를 받을 수 있으니까.

대학에 진학할 정도로 똑똑하지도 못했기 때문에 게임 실황을 주력으로 하는 인터넷 방송인이 되어서 생계를 유지하기로 결심했다. 물론 그런 건 불가능했고, 가족들한테 엄청 차가운 시선을 받았지만 전혀 문제없었다. 왜냐하면 괴로울 때는(이하 생략).

점차 친구들이나 알고 지내던 사람들이 하나둘씩 나를 떠나갔다. 언젠가부터 나는 더 나아지려는 노력을 그만뒀다. 왜냐하면 자존감이 내 안을 꽉 채워주고 있었기 때문이다. 내가 아무리 쓰레기고 돼먹지 못한 녀석이라도 나는 아지사이 양한테 (이하 생략) 받을 수 있어.

1조 엔을 갖고 있는 부자가 편의점에서 아르바이트를 할까? 나는 이 세상에서 무엇보다도 가치 있는 걸 아무런 고생도 없이 손에 넣고 말았다. 아지사이(이하 생략) 이외의 모든 것은 나에게 있어선 행복의 하위 호환에 지나지 않았다.

쭉쭉 나보다 앞을 향해 걸어 나가던 아지사이 양의 등이 어느새가 보이지 않게 되었다. 하지만 굳이 쫓아갈 필요도 없다. 왜냐하면 내가 원할 때 아지사이 양한테 키스를 받을 수 있으니까.

내가 스스로의 잘못을 깨닫게 된 건 아지사이 양한테 이별을 통보받은 바로 그 순간이었다.

혼자가 되고만 내 주변에는 아무것도 없었고.

인생은 이미 돌이킬 수 없는 곳까지 왔어. 아지사이 양도 더 이상 키스해 주지 않아.

아아, 이럴 바에야——.

후회 속에서 나는 구슬피 울었다.

만약 시간을 되돌릴 수 있다면 구기대회 전으로 돌아가고 싶어. 그리고 아무런 고생도 없이 아지사이 양한테 키스를 받았던 과거를 바꾸고 싶어——.

"그렇게 과거로 돌아온 사람이 지금 여기에 있는 바로 접니다! 우와, 진짜 아지사이 양이야! 귀여워! 계속 만나고 싶었어요! 우리, 다시 한번 시작해 보죠! 그것이 슈타인즈 게이트의 선택이라고요!"

"그렇구나아⋯⋯⋯⋯⋯⋯."

내 필사적인 설득 덕분에 아지사이 양도 제대로 이해해 준 모양이었다. 다행이다.

그러니 저, 이번에야말로 노력할 테니까요! 아지사이 양!

"그렇게 됐으니."

체육복 차림에 머리카락을 뒤로 모아 묶은 사츠키 양이 허리에 손을 올린 채 말했다.

"오늘은 잘 부탁해."

사츠키 양의 인사를 들은 히라노 양과 하세가와 양의 눈동자가 단숨에 하트 모양으로 변했다.

"헉…… 하훗……!"

"코토 양과…… 아니, 코토 님과 함께 할 수 있다니, 삼가 기쁘기 그지없어요!"

"그, 그래."

늦은 오후의 공원. 오늘부터는 내가 평소 연습하던 농구 코트에 사츠키 양도 합류한다. 사츠키 양네 엄마한테 스토커라고 오해받을 정도로 노력했던 보람이 있었군요! (노력한 적 없음)

카호 짱이 꽉 쥔 주먹을 하늘 높이 치켜들었다.

"좋았어! 이걸로 A반 농구팀 전원 집합이네!"

"잘 됐네, 잘 됐어."

어쩐지, 아직 아무것도 시작하지 않았는데도 무언가 해낸 듯한 성취감을 느끼게 되네. 카호 짱이 히라노 양과 하세가와 양을 불러오고, 내가 사츠키 양을 불러왔다. 팀플레이의 승리다.

"자자, 그러면 합동 연습을 해볼까──."

하고 카호 짱이 말을 꺼내려고 한 타이밍에.

"아니, 사 짱은 벌써 시작했잖아!"

시선 끝에는 묵묵히 골대를 향해 혼자 슛을 쏘고 있는 사츠키 양의 뒷모습이!

"역시 골대가 있으니 다르네."

"사 짱, 개인 연습이라면 언제든 가능하잖아!"

"나는 내 실력을 올리기 위해 여기 온 거야."

"어휴 참! 또 그런 소리나 하고—!"

뾰루퉁하게 화를 내는 카호 짱. 게다가 그러는 한편으로…….

"퀸텟도 아닌 우리가 세 분 사이에 섞여서 함께 연습이라니, 그래도 되는 걸까요……? 세계가 만일 100명의 마을이라면 그중 60명이 퀸텟인 환경이라니……."

"괘, 괘, 괘, 괜찮다고요……! 확실히 미소녀 지수가 지나치게 높긴 하지만 그래도, 그래도 우리에겐 농구 연습이라는 대의명분이 있으니까, 이거 봐요, 대의명분이라는 갑옷이, 어라 갑옷이 녹고 있어……? 그럴 수가……. 이것이 퀸텟의 미소녀 파워……."

히라노 양과 하세가와 양도 자신감을 상실하고 있어!

안 돼! 합동 연습이 제대로 될 것 같지가 않아!

대체 어쩌면 좋지 이거.

아냐, 이럴 때 어떻게 해야 좋을지 나는 이미 알고 있어. 그래, 바로 누군가가 리더가 되어 리더십을 발휘하는 거야.

FPS의 팀플레이도 마찬가지야. 중요한 건 목소리를 내는 것. 돌격할게요. 지원 부탁드립니다. 적을 발견했습니다. 솔선해서

팀과 소통하는 게 승리로 이어진다. 그게 공헌이라는 거야.

그렇다면——.

"자, 한마디 해주세요, 리더! 네? 카호 짱 리더!"

우리 중에 가장 리더에 어울리는 사람은 두말할 것 없이 카호 짱이다. 자기가 하고 싶은 말을 확실히 할 수 있고, 사츠키 양한테도 거리낌 없이 대한다. 최강이다. 우리 반 반장이기도 하고.

"아니, 그건 내 역할이 아니야."

사츠키 양한테 갔다 온 카호 짱이 칫칫 혀를 차며 손가락을 흔들었다. 엥?!

"아니 그치만 아무리 그래도 히라노 양이랑 하세가와 양보고 리더를 하라는 건 너무 가혹하다고 생각하는데?!"

"왜 한 사람을 자동으로 후보에서 제외하는 거야."

"사츠키 양이 리더를 맡을 리가 없잖아. 사츠키 양은 무력 98이지만 통솔은 4인 캐릭터라고."

"너 말이야, 너—!"

힘껏 내 눈앞에 손가락을 들이미는 카호 짱. 에에엥?!

"그거야말로 무리잖아?! 내가 리더라니 무리무리!(※무리였다!)"

"아니, 애초에 나도 처음엔 레나찡이 권해서 농구 연습에 참여한 건데."

"있잖아, 카호 짱. 나는 이렇게 생각해. 용기를 내서 먼저 바다에 뛰어드는 퍼스트 펭귄은 참 훌륭하지. 아무도 선뜻 할 수 없는 일을 해낸 거니까. 하지만 그저 무모하기만 한 펭귄을 믿고서 그 뒤를 따라 무리를 이끄는 펭귄이야말로 진정한 리더라고 할 수 있지 않을까."

"주절주절 시끄러!"

카호 짱이 단칼에 내 말을 잘랐다. 내 궁색한 논리가…….

얼굴을 불쑥 들이민 카호 짱이 나에게 속삭였다.

"애―초―에―? 우리 중 이기고 싶은 이유가 가장 절실한 사람
이 누구더라―?"

"그, 그건…………."

내가 얻게 될 포상인『아지사이 양의 키스』를 꺼내 들다니……!
아뇨, 포상이 탐나서 노력한다거나, 그런 음흉한 목적은 아닙니
다만……!

하지만 그렇게 말하니까………… 걸려 있는 포상이 없는데도
열심히 노력하는 카호 짱에게, 엄청난 죄책감이……!

<u>으으으</u>.

"알겠습니다……. 제가 리더인 걸로 해요……."

"리더인 걸로『해요』?"

"제가 리더를 하게 해주세요!"

"더 확실하게."

"아― 진짜 하고 싶네―! 엄청 리더가 하고 싶은걸―! 부탁입니
다, 카호 님! 이렇게 부탁드려요! 부디 제가 리더를 맡게 해주실
수 없을까요?!"

카호 짱은 그제야 "좋아"라며 고개를 끄덕여 주었다. 대체 이
대화는 뭐람.

자포자기 심정으로 한쪽 손을 들어 올리며 외쳤다.

"다들! 집합!"

그러자 히라노 양과 하세가와 양이 다가왔다. 사츠키 양은 와주지 않았다. 그래서 넷이 함께 사츠키 양에게 다가갔다.

"집합! 집합이라고요, 사츠키 양! 집—합—!!"

"시끄럽네……."

그제서야 손을 멈추고 우리를 돌아보는 사츠키 양. 끈기의 승리다.

"우리는 B반을 상대로 이기기 위해서 하나로 뭉쳐야만 한다고요! 왜냐하면 농구는 팀플레이가 핵심이니까요! 그러니까 오늘은——."

나는 거기서 배터리가 다 된 것처럼 우뚝 멈췄다. 오늘은………. 카호 쨩을 돌아보았다.

"일단 자기소개라거나."

"——그래, 오늘은 자기소개를 하죠!"

리더를 맡은 나는 당당하게 말했다. 이 리더, 허수아비 아니야?

사츠키 양은 귀찮은 듯이.

"자기소개고 뭐고, 같은 반이잖아."

"하지만 봐요, 서로 어려워하는 일 없이 마음을 터놓기 위해선 이런 것도 필요한 일이잖아요!"

뭐, 자기소개를 한다고 해서 히라노 양과 하세가와 양이 갑자기 사츠키 양을 상대로 『잘 부탁해!』라고 편하게 대할 수 있을 리가 없다는 건 잘 알지만…….

하다못해, 그럼 다 함께 연습하자! 같은 분위기까진 됐으면 좋겠다는 희망을 담았다.

"상관은 없지만……. 코토 사츠키야, 잘 부탁해."

사츠키 양은 불평을 하면서도 간신히 협력해 주었다. 나한테는 버거운 여자……!

그런데 그 사츠키 양이 내민 손을 보고서.

히라노 양과 하세가와 양은 딱딱하게 굳어 있었다.

"저, 저, 저기, 그게……."

두 사람은 떨리는 목소리로 서로의 얼굴을 마주 보면서.

『잘 부탁드리겠습니다……(히라노 ・ 하세가와)입니다…….』

폰트 8 정도 되는 조그만 목소리로 말하며 사츠키 양이 내민 손에 에어 악수를 했다. 에어 악수!

"……이러면 됐어?"

우아한 동작으로 머리카락을 쓸어 넘기는 사츠키 양. 그 동작에서 압도적으로 얼굴이 예쁜 미소녀의 향기가 확 풍겨 나온 나머지, 히라노 양과 하세가와 양(그리고 나)까지 마치 매혹이라도 당한 것처럼 얼굴이 빨개졌다. 어, 어쩜 이렇게 얼굴이 예쁠 수가…….

안 돼. 서로의 집에서 같이 묵어본 경험이 있는 나조차 사츠키 양을 눈앞에 두면 입이 쉽게 떨어지지 않아. 왜냐면 너무나도 미인인걸!

"으으으, 도저히 안 되겠어요……."

"대체 뭐야."

"카호 짱, 혹시 복면 같은 거 갖고 있는 거 없을까. 아니면 여우 가면이라도, 아무튼 얼굴을 가릴 수 있는 걸로."

“있을지도!”

“아마오리. 그걸 나보고 쓰라는 소리야?”

“사츠키 양이 너무 예쁜 게 잘못이거든요?! 알고는 있어요?! 저는 리더로서 진지하게 이 문제를 고민하고 있는데!”

“아, 진짜.”

사츠키 양이 째릿 노려보았다.

“그래 알겠어! 합동 연습 해줄 테니까! 이제 슬슬 연습하자고!”

이리하여, 내가 리더를 맡은 덕분에 A반 농구팀은 문제없이 순조롭게 합동 연습을 할 수 있게 된 것이다.

이게 바로 끈기의 승리라는 거지. 맞나???

『건배—!』

모두가 손에 든 잔을 높이 들었다.

뒤풀이다.

나—— 아마오리 레나코는 친구들의 중심부에 가까운 자리에 앉아, 긴장으로 딱딱하게 굳은 웃음을 짓고 있었다.

대체, 대체 어쩌다 이런 일이…….

구기대회에서 승리를 거둔 1학년 A반은 방과 후에 학교 근처 패밀리 레스토랑에서 모이기로 했다. 물론 나도 포함이다. 사실상 이번 뒤풀이는 B반을 상대로 거둔 대승을 축하하는 자리인 만큼, 승부를 결정짓는 골을 넣은 나는 뒤풀이의 주역 중 한 명이었다. 나도 그걸 잘 알고 있었기 때문에 당당하게 가슴을 펴고 뒤풀이에 참가할 생각으로 가득했는데…….

부, 불편해…….

"이야—! 이긴다는 건 참 기분 좋은 일이지! 평생, 영원히 쭉쭉 이겨나가고 싶은걸!"

옆 테이블에서 호탕하게 웃고 있는 사람은 퀸텟의 일원, 코야나기 카호 짱. 만약 카호 짱의 옆자리를 차지할 수 있었다면 이 뒤풀이도 천국 같았겠지.

마이도, 아지사이 양도 다른 테이블에서 신나게 분위기를 띄우는 데에 한몫 거들고 있었다. 사츠키 양은 처음에만 잠깐 얼굴을 비춘 다음 금방 돌아갔다. 『발목이 아파서』는 최강의 면죄부였다.

뒤풀이에는 반 애들의 70% 정도가 참가한 상태다. 그 말인즉 슨, 남자애들도 있다는 뜻. 한층 더 어깨를 못 펴겠어!

다행히 내가 앉은 6인용 테이블에는 전부 여자애들만 있었지 만…….

"하아…… 정말 아마오리 양의 슛은 참 멋있었죠……."

"맞아, 진짜 그랬지……. 나, 그 순간만큼은 골대 네트가 되고 싶었어……."

대각선 맞은편에 앉아 있는 히라노 양과 하세가와 양은 아까부 터 둘만의 세상으로 떠난 뒤로 돌아오질 않는다.

다른 세 사람도 나를 어려워하는 모양인지, 자기들끼리 아는 얘기로 떠드는 중이다.

어색하다고…….

이 자리에선 퀸텟의 칭호란 내 주변을 둘러치고 있는 가시철조 망이나 마찬가지였다. 후후, 내가 그렇게나 두려운가……?

아냐, 그게 아니야! 같은 퀸텟인데도 카호 짱, 마이, 아지사이 양은 다들 굉장히 즐거워 보여! 나뿐이야! 가시철조망의 정체는 나 자신이었어!

뭐냐고! 모처럼 뒤풀이에 왔는데 이래선 아싸였던 시절이랑 달 라진 게 아무것도 없잖아! 장소가 도심의 거리든, 끝없이 펼쳐진 초원이든, 어디가 됐든 외톨이냐고!

나는 용기를 내기로 결심했다. 그래, 퀸텟 친구들은 언제나 나 한테 적극적으로 말을 걸어주는걸. 그러니까 이럴 때 나도 적극적으로 애들한테 말을 거는 거야……. 그게 인싸로서 짊어진 책무인 거지…….

꿀꺽. 마른침을 삼키면서 얼굴에 미소를 띠었다.

"그, 그리고 보니 말인데!"

단번에 시선이 모여들었다. 히익. 이 엄청난 발언력. 나한테는 너무 과분해!

"소, 소프트볼 시합은 어땠어? 완벽한 승리였다고 들었는데."

그러자 세 사람은 희희낙락하며.

"오우즈카 씨가 엄청 대단했어!" "차례차례 상대 타자를 잡아내더니!" "배트를 휘두를 때도 멋져서——."

마이 얘기를 잔뜩 들려주었다!

후후후, 이것이 바로 대화의 테크닉……『상대방한테 아는 사람 얘기를 하게 만들기』인 것이다! 아는 사람 얘기라 맞장구도 칠 수 있다. 게다가 내가 주도적으로 떠드는 게 아니니까 대화에 서투르다는 사실을 들키지도 않아! 나는 그저 방긋방긋 웃기만 해도 돼!

좋아, 이걸로 뒤풀이도 무사히 극복할 수 있을 것 같다. 휴우, 위험했어.

응……? 제 발로 참가한 뒤풀이에서 왜『극복』이라는 말이 나오는 거지……? 뭐, 상관없나…….

그런 생각을 하고 있을 때, 한 사람이 몸을 불쑥 내밀면서.

"그리고 보니 아마오리 양은 오우즈카 씨랑 엄청 사이가 좋네."

어?

“아, 뭔가 스스럼없이 불렀었지!”

아, 그게 저기……!

사각을 찌르는 공격에 말문이 막히고 말았다. 사실 내 시야는 전방 15도 정도밖에 안 되지만요.

허겁지겁 손을 내저었다.

“그, 그건 있지, 한창 시합 중이라 살짝 흥분하는 바람에! 평소에는 그렇지 않은데! 아하하, 부끄럽네!”

“그런가?”

아니, 마이!

우리 테이블 옆으로 다가온 마이가 재미있다는 듯 웃고 있었다.

“평소에도『마이』라고 불러도 괜찮아. 사츠키나 카호도 그렇게 부르고 있으니.”

당황했다.

“그, 그건 그렇지만. 하지만 어쩐지 허들이.”

“자, 시험 삼아 해봐.”

“……오우즈카 양.”

“에서 다음은?”

“마, 마…… 마일리지 카드!”

마이가 어깨를 으쓱했다.

“나 참, 솔직하지 못하다니깐.”

“사람을 무슨 사츠키 양인 것처럼 말하지 말아 줄래?! 왠지 시키는 대로 순순히 따르는 데에 살짝 저항감이 있을 뿐이거든요!”

“그게 바로 솔직하지 못하다는 뜻 아닐까.”

헉. 우리 대화를 듣고 있던 같은 테이블의 세 사람이 키득키득 웃고 있었다.

“역시 오우즈카 씨랑 아마오리 양은 사이가 좋구나―.”

“개그 콤비 같은걸.”

“아니, 그건, 그러니까.”

우물쭈물하는 사이 주변의 시선이 이쪽으로 모여든다. 으아아아.

에에잇! 나는 마이를 향해 척, 손가락을 내밀었다.

“마, 마이가 괴롭힌다―!”

“뭣.”

마이가 움츠러든 틈에 재빨리 일어나 옆으로 빠져나갔다.

“아하하, 레나 짱. 자, 이리로 와―.”

“아지사이 양!”

웃으면서 양팔을 벌리는 아지사이 양 곁으로 달려갔다. 혼란을 틈타 자연스럽게 아지사이 양의 옆자리를 확보하는 데 성공했다! 신난다! 이겼다!

“너는……. 또 그렇게 남 듣기에 안 좋은 소리를.”

라고 생각했더니 이번엔 마이가 내 옆에 앉았다! 어째서?!

“도망치는 데 성공한 줄 알았는데!”

게다가 이번엔 둘 사이에 끼는 바람에 일어나 도망칠 수도 없다.

“나는 굳이 계속 오우즈카 양이라고 데면데면하게 부르지 않아도 괜찮다고 생각하는데 말이지. 다른 애들은 전부 이름으로 부르고 있으면서.”

“아니, 그치만.”

“맞아, 레나 짱. 마이 짱한테만 그러면 불쌍해.”

“엑?!”

동료한테 등을 찔렸다! 아지사이 양은 히죽히죽 웃는 얼굴이다. 즐기고 있어!

주목의 대상이 되어버린 나는 뺨이 뜨거워지는 걸 느끼면서.

“으으으…… 마, 마이…….”

“응응.”

큭, 이건 내 본의가 아니야……! 어휴!

나는 “나도 모처럼 엄청 열심히 연습했는데! 마지막에 마이가 튀어나오면 내가 열심히 했다는 사실 같은 건 이제 아무도 기억 못 하잖아―!”라며 분노의 화살을 마이에게 돌렸다.

“아니, 그런 소릴 해도.”

마이는 쓴웃음을 지었고, 아지사이 양도 “아하하” 하고 웃었다. 주변 애들도 “듣고 보니”라든가, “오우즈카 양 대단했어!” 혹은 “아마오리 양도 열심히 했는걸!”이라며 한마디씩 건네주었다.

금방 다른 대화 주제로 옮겨가긴 했지만 그래도 이 순간 느낄 수 있었던, 뭐라고 해야 할까, 반이 하나가 되는 일체감? 같은 건 나쁘지 않았다.

과연……. 나도 뒤풀이가 뭔지 깨닫게 된 걸지도 모르겠네!

이제 당분간은 사양이지만!!

Friends?
Lovers?
NAB
NATA
N

제6권 쇼트 스토리

다양한 조합의 풍성한 SS가
4편 수록되어 있어요ㅡ!

하루나

이때쯤 되니까 언니도
드디어 학교에 익숙해졌다는 느낌이 나네.

6권까지 와서야?! 늦지 않아?!

레나코

뭐… 누구누구 씨가 등교 거부를
하는 바람에 그걸 느낄 틈도
없었지만 말이지.

레나코

흐응ㅡ 힘들었겠네.

하루나

너 말이야, 너!

레나코

"그럼 갈게, 바래다주셔서 감사합니다."

"그래, 내일 보자."

그건 아지사이와 레나코를 집까지 바래다주고 돌아오는 길에 있었던 일이다.

리무진에 탄 사람은 운전사인 하나토리 히토에와 오우즈카 마이.

하나토리는 백미러 너머로 자기 주인, 마이의 기색을 살폈다. 여동생이 등교 거부를 선언했다며 레나코가 털어놓은 고민을 들은 마이는 무언가 계획을 세우는 모양이었다.

"하나토리 씨."

갑자기 부르는 목소리.

"네."

"오늘은 고마워. 매번 이렇게 운전사 일을 시켜서 미안해."

엄밀히 말하자면, 하나토리는 마이의 말마따나 운전사가 아니다. 정확한 포지션은 퀸 로즈 소속 모델 오우즈카 마이의 매니저다. 마이의 모델 일과 관련이 있다면 모를까, 사적인 부분까지 관여해야 할 의무는 없다.

"그 점은 이미 몇 번이고 말씀드렸습니다만 제 근무 시간 내라면 얼마든지 편하게 시키셔도 됩니다. 급료는 넉넉하게 받고 있으니까요."

"온천 여관까지 데려다줄 수도 있고?"

"지금 출발한다면 시간이 좀 걸리겠군요."

"후후, 고마워."

마이의 말에 하나토리는 살짝 고개를 숙였다.

실제로 그다지 상관없었다. 설령 턱짓으로 부려 먹거나 지시하더라도, 하나토리에게 마이는 공주님이었으니까. 평민에 불과한 자신과는 신분부터 다르다. 그러니 당연한 일이다.

그런데 마이는 언제나 따뜻하게 감사의 인사를 건네준다. 하나토리가 해주는 일들을 당연한 것처럼 여기거나 거들먹거리는 법이 없다. 진정으로 고귀한 사람이란 바로 이런 분을 두고 말하는 거겠지.

"아, 실수했는걸."

"왜 그러시는지?"

"아니, 슬슬 하나토리 씨한테도 아지사이를 소개해 주려고 생각했는데 또 기회를 놓치고 말았어."

"별말씀을. 마음에 두지 마시길."

세나 아지사이가 누군지는 알고 있다. 등하교할 때 마이나 코토 사츠키와 함께 있는 모습을 종종 보기도 했고, 무엇보다 온천 여관에 갔을 땐 유카타를 입는 걸 도와주기도 했다.

어떤 사람일까? 정도의 관심은 있지만 그건 세나 아지사이에게 관심이 있다기보다는, 마이와 친하게 지내는 사람이 어떤 사람인지 확실하게 알아두고 싶다는 하나토리의 충성심에서 비롯한 호기심이었다.

"분명 하나토리 씨도 아지사이가 마음에 들 거야."

"그렇습니까?"

"그럼. 아지사이는 사츠키와도 친해."

두 사람이 같은 그룹에 속해 있다는 거야 안다. 하지만 말투로만 보면 오히려 마이가 아지사이를 아주 마음에 들어 하는 것처럼 보였다.

"세나 님은 어떤 분인가요?"

"맑고 고결한 사람이야. 굉장히 이타적이고, 자신보다는 타인의 행복만을 생각하지. 그래서 인망도 있고, 누구나 아지사이를 좋아해. 존경할 만해."

마이는 사람의 장점을 잘 찾아내는 편이지만, 이 정도로 덮어놓고 칭찬하는 일은 좀처럼 없다.

"선량한 분이군요."

"후후. 그렇지."

듣고 보니 하나토리에게도 짚이는 점이 있었다.

옷 입는 걸 도와줄 때 잠깐 말을 나눴을 뿐인데도, 이 사람한테 나쁜 인상을 가지긴 힘들겠다는 생각이 들게 만드는 사람이었다.

연예계는 경쟁 사회다. 숫자가 모든 걸 나타내고, 남을 짓밟아서라도 자기가 가진 상품 가치를 드러내지 못한다면 언젠가는 도태된다. 투쟁심이 없는 자는 연예계에서 오래 살아남을 수 없다.

그런데 드물지만, 개중에는 특별한 사람이 존재한다. 주변 사람들이 이 사람을 도와주고 싶다고 생각하게 만드는 카리스마이자 인품을 가진 사람이다. 하늘이 내린 재능이라고도 할 수 있겠지.

마이가 바로 그렇지만 세나 아지사이에게도 확실히 비슷한 느낌을 받았다.

“세나 님은 혹시 소속된 사무소가 있습니까?”

“내가 아는 한, 그렇지는 않을걸.”

“그렇습니까.”

무심코 핸들을 쥔 손에 힘이 들어갔다. 도쿄는 굉장하다. 과연 일본의 수도. 그런 재능을 가진 여고생을 흔하게 볼 수 있다니. 정말로 시골에서 상경하길 잘했다.

마이와 아지사이. 스포트라이트가 비치는 세계에 두 사람이 서 있는 모습을 상상하게 된다. 그건 필시 아름다운 광경이겠지——.

그러다 문득 정신을 차렸다.

(아냐…… 마이 님의 옆자리는 코토 님이셨지……!)

이런 위험했다. 다른 사람도 아닌 자신이 이런 배신을.

“아가씨. 오늘은 뭔가 드시고 싶은 건 없으십니까?”

“응, 전적으로 맡길게. 하나토리 씨의 요리는 언제나 맛있거든.”

“과분한 말씀입니다.”

자신의 불경함을 반성하면서 차를 몰았다.

참고로 그러는 동안 아마오리 레나코의 얼굴이 머릿속에 떠오르는 일은 단 한 번도 없었다고 한다——.

"그래서 있지— 온라인 숍은 초고속으로 매진되는 바람에 아예 타이밍을 놓쳐서."

"그거 아쉬웠겠네."

카호의 얘기를 아지사이는 방긋방긋 웃으면서 듣고 있었다.

학교 쉬는 시간. 이날은 카호가 아지사이 자리에 찾아와서 이야기꽃을 피웠다.

방금까지는 레나코도 있었지만, 지금은 오늘 먹을 점심을 고르러 매점에 간 참이다. 점심시간 피크 때만큼은 아니더라도 아시가야 고등학교의 매점은 항상 붐비는 곳이다. 아마 한동안은 돌아오지 못하겠지.

"으앙—. 아 짱 위로해 줘—."

"그래. 옳지옳지, 착하다……."

마치 애교부리는 고양이처럼 머리를 들이미는 카호에게 아지사이도 언제나처럼 손을 뻗는 순간.

헉, 하고 깨달았다.

(이, 이거……. 스킨십이 과한가……?!)

그렇다, 바로 얼마 전의 일이었다.

아지사이는 레나코에게 『질투했어……?』라고 물었고, (레나코의 반응은 둔감하기 짝이 없었지만) 그래도 여자친구로서 너무 다른 애랑 딱 달라붙어 있는 건 좋지 못한 행동이겠지! 하고 마음을 고쳐먹었다.

그랬는데.

"? 아 짱?"

"아, 아니야, 아무것도 아냐, 아무것도."

카호가 몹시도 순수하고 사랑스러운 눈으로 바라본다.

"그럼 위로해 줘—!"

"으, 응……."

쭈뼛거리며 손을 뻗었다. 섬세한 카호의 머리카락은 동생들과는 만지는 느낌이 전혀 달랐다. 여자애 특유의 부드러운 감촉이었다.

(조금만…… 조금만이야…….)

카호는 눈꼬리를 휘며 웃었다.

"치유된다냥."

(으으…… 귀여워…….)

그렇다. 반박하기 힘든 사실로서 코야나기 카호는 정말 귀엽다.

아시가야의 여동생이라고 불리는 카호는 남자애들뿐만 아니라 여자애들한테도 인기가 좋다. 여자는 기본적으로 귀여운 걸 좋아한다. 귀여움에 더해 응석 부리는 솜씨까지 발군인 카호는 다이렉트로 모성을 자극하는 타고난 매력을 갖고 있다.

"하아— 아 짱, 반만 앉게 해주라—."

한바탕 쓰다듬 받고서 만족한 카호의 그다음 요구는 지금 앉아 있는 의자에 절반만 자기도 같이 앉게 해달라는 부탁이었다.

별반 평소와 다를 것 없는 부탁이다. 그다지 난색을 표할 일도 아니다. 그렇지만——.

"그건 좀……."

"엥?!"

아지사이가 머뭇거리자 카호의 눈이 휘둥그레졌다.

"어째서?! 안 되는 거야?!"

"그게……."

"혹시 배라도 아파?"

"그래서 그런 건 아니지만……."

걱정을 끼치고 말았다. 작게 고개를 갸웃하는 카호에게 아지사이는 뭐라 표현하기 힘든 목소리로 우물쭈물 말했다.

"별다른 이유가 있는 건 아니고……."

"아하. 귀여운 나한테 짓궂은 장난을 치고 싶어졌다 이거지. 아 짱도 그럴 때가 있구나."

"그, 그게 아니야."

귀엽게 포즈를 취하는 카호를 보며 허둥지둥 손을 내저었다.

"됐어됐어, 아 짱은 언제나 상냥하게 대해주니까 가끔이라면 짓궂게 굴어도 괜찮아. 어떡할래——? 내 귀에 강제로 피어스 구멍이라도 뚫어볼래?"

"평생 가는 상처잖아?!"

깜짝 놀라 태클을 걸었더니 카호가 깔깔대며 웃었다.

"그래도 아 짱이라면 뭐 괜찮겠지 싶어서. 누적 포인트야, 누적."

"그럴 정도로 내가 뭘 해준 게 없는데……?"

"무슨 소리야! 상냥하게 대해주고 있는걸! 지금도 이거 봐봐!"

"뭘?"

카호가 까딱까딱 손짓하기에 몸을 내밀었더니 카호는 그 타이밍을 틈타 "에잇" 하고 살짝 공간이 생긴 의자에 몸을 비집어 넣었다. 앗, 싫었을 때는 이미 늦었다.

"헤헤헤, 또 이렇게 상냥하게 대해주잖아."

그렇게 명랑하게 웃는 카호를 보며 아지사이는.

"어, 어휴 참."

하고 곤란하다는 듯이 미간을 찌푸리는 것 말고는 달리 도리가 없었다.

"그래서 있지있지, 얼마 전에 찾아낸 동영상이 진—짜 웃겨서—."

방긋방긋 웃으며 스마트폰을 꺼내는 카호의 모습에 아지사이는 작게 한숨을 내쉬었다.

(으으……. 미안해, 레나 짱…… 역시 갑자기 달라지는 건 불가능할지도…….)

까불대는 남동생들에 비해, 카호의 순수하고 밝은 모습은 너무나도 눈부셨다.

(……그치만 카호 짱이 귀여운걸.)

마치 애착을 가진 곰인형이라도 되는 것처럼 카호를 꼭 껴안았다. 카호는 신경 쓰는 기색도 없이 즐겁게 얘기를 늘어놓았다. 아지사이에게 이 시간은 (안타깝지만) 힐링의 시간이었다.

"언니, 나 이제 게임 실력이 꽤 늘었거든. 이제 언니 실력은 넘어선 거 아니려나."

"훗."

무슨 소릴 하나 했더니……. 복도에서 마주친 여동생의 말에 나는 입꼬리를 말아 올리며 웃었다.

여동생의 등교 거부는 여전히 계속되고 있다. 집에 있는 동안 여동생은 나름 착실하게 공부도 하고는 있는 모양이지만 대부분은 게임에 푹 빠져 있는 상태다.

불쌍한 녀석. 그래서 착각에 빠지고 만 거겠지.

"동생. 축구를 6년 동안 쭉 해온 사람과 축구를 시작한 지 아직 1주밖에 안 된 풋내기. 어느 쪽이 더 뛰어나다고 생각해?"

내가 묻자, 여동생은 주저하는 기색도 없이 대답했다.

"재능 있는 쪽."

후후후. 나는 크게 웃었다.

"아하하하! 제법 건방진 소릴 하는구나, 동생아!"

여동생이 씨익 웃는다.

"하긴 그렇겠지. 언니의 유일한 아이덴티티인걸. 도저히 인정할 수 없겠지. 눈 깜짝할 사이에 나한테 게임 실력을 추월당했다고는 말이야."

여동생이 손짓하는 대로 방에 따라 들어갔더니…….

“……과연. 랭크는 나름 많이 올린 모양이야.”

놀랍게도 여동생은 최고 랭크에 도달해 있었다.

처음으로 플레이하는 사람도 손쉽게 즐길 수 있는 게임이긴 하다. 랭크도 금방 쭉쭉 오른다. 하지만 어림잡아 2주 만에 이만한 급성장이라니 확실히…… 아예 재능이 없는 건 아닌 모양이다.

동체시력. 판단 능력. 뛰어난 손재주. FPS에 필요한 능력은 운동선수한테 필요한 능력과 얼추 공통분모가 있다. 실제로도 노력과 반복연습이 몸에 익은 스포츠 선수라면 실력이 늘기 위한 밑바탕은 이미 완성되어 있다고 말해도 과언이 아니겠지.

다만──.

“지식과 경험. 동생에겐 그 두 가지가 압도적으로 모자란다고.”

나는 손가락 두 개를 세우면서 단언했다.

내 말을 들은 여동생은.

크게 어깨를 으쓱하면서 한숨을 쉬었다.

“하여간 입으로는 천하장사란 말이지.”

“……뭐야?”

“아까부터 쫑알쫑알 입으로만 쨱쨱거리고 말이야. 언니, 한판 붙어 보자고. 어느 쪽이 위고, 어느 쪽이 아래인지. 가장 알기 쉬운 방법으로 승부를 내보면 어때.”

“설마 진심으로 나를 이길 수 있다고 생각해?”

“생각 안 했으면 말하지도 않았겠지?”

우리의 시선이 격렬하게 맞부딪히면서 불꽃을 튀겼다.

“후후.”

“하하.”

사나운 웃음이 한차례 교차하고, 폭풍이 휘몰아치며, 화르륵 불꽃이 타올랐다──.

그건 그렇고.

“그래서 어떻게 대전할 생각인데?”

“아빠 거를 빌리면?”

“게임 소프트가 없잖아!”

“에이…….”

입을 비죽이는 여동생. 그런 표정 지어도!

“그럼 사 와.”

“언니가 사 와.”

“내가 왜 두 개나 사야 하는데?! 승부하고 싶은 건 하루나잖아!”

“부전패야─!”

“나 참…….”

왝왝 소리치던 여동생은 포기한 것처럼 지갑을 꺼냈다.

“뭐 괜찮겠지……. 요즘은 한동안 용돈도 안 썼으니까…… 끄으응.”

“옷 한 벌만 참으면 되는 거잖아……. 왜 그렇게 내키지 않아 하는 거야…….”

게임은 한 개 사면 몇십 시간 넘게 즐길 수 있다. 아무리 생각해도 게임이 훨씬 더 가성비가 좋은데……. 자매의 금전 감각은 하늘과 땅 차이였다.

여동생은 한층 더 분하다는 듯이 나한테 외쳤다.

"절대로 안 질 거야! 언니!"
"그건 내가 할 소리야!"

다음 날. 아빠한테서 빌려온 게임기에 여동생이 사 온 타이틀을 설치했다. 쓰던 계정을 복사해서 로그인. 이걸로 준비는 다 갖춰졌다.
『그럼 로비로 들어갈게.』
"응."
옆에서 나란히 붙어서 플레이하려고 TV까지 옮기기는 귀찮았기 때문에 우리는 각자 자기 방에서 게임을 하는 중이다.
방은 바로 옆이니까 목소리를 크게 높이면 들리겠지만 계속 소리를 지르면 부모님께 혼날 것 같아서 보이스 채팅용 앱을 연결해 뒀다.
스마트폰 너머로 듣는 여동생의 목소리는 어딘가 어른스럽게 들려서 평소 맨날 보던 여동생이 아닌 것처럼 느껴졌다.
……왠지 긴장되기 시작했네.
『좋았어— 마구 도륙을 내주겠어—.』
"살의가 철철 흘러넘치잖아!"
어처구니없을 정도로 입이 험악한 여동생과 팀을 맺고서 매칭 시작.
……평소에 자주 갖고 놀던 게임이라곤 해도, 요즘은 여동생한테 계속 빌려준 상태였으니까 솔직히 말해 실력이 좀 떨어졌을지도 모르겠다.

진짜로 지면 어쩌지…….

여동생은 나를 한바탕 실컷 놀릴 테고…… 하지만 금방 질리겠지. 애초에 게임에 관심이 없는 애다. 만족한 뒤엔 나한테 이겼다는 사실조차 금방 잊을지도 모른다.

하지만 나는…………

내가 막 엄청나게 게임을 잘한다고 생각하지는 않지만……! 그래도 최소한 여동생한테 뭐 하나라도 이길 수 있는 점이 없으면 정신적으로 위기에 봉착하게 될 거야…….

한번 그렇게 되고 나면, FPS 게임을 켤 때마다『그치만 나, 여동생한테도 졌었지……』하는 생각이 들 테고,『몇 년씩 플레이했으면서도 여동생한테 맥없이 질 정도로 재능이 바닥을 기는 내가 계속 게임을 해봤자 무슨 의미가 있는 걸까……』하고 마음이 공허해져서…….

그렇게 평생 다른 사람이 플레이하는 영상만을 구경하며 살아가는 존재가 될 거야…….

시, 싫어……! 게임을 하고 싶어! 이건 내 유일한 취미란 말이야! 유일한 취미를 여동생한테 박탈당하고 참을쏘냐……!

딱 잘라 말해서 이번 승부는 일방적으로 리스크를 짊어진 승부다.

여동생은 설령 진다 해도 기껏해야 2주밖에 플레이하지 않은 초보자. 반면 나는 내 존엄성이 걸려 있다. 나는 왜 이런 승부를 받아들인 걸까! 설마 여동생이 진짜로 게임을 사 올 거라곤 생각 못 하잖아?! 으아아아앙!

마음이 점차 패닉 상태에 빠지는 와중에 매칭이 됐다.

『어라…… 같은 팀이잖아!』

"진짜네."

나는 진심으로 안도했다.

『어째서?!』

"아니…… 이 게임은 원래 그래. 자동으로 팀이 나뉘거든."

『우우―.』

게임이 시작됐다.

『내가 오른쪽으로 갈 거야.』

"그래그래."

『좋아, 해치웠다!』

"뒤에서 온다. 두 명."

『으겍. 무리!』

"걱정 마. 할 수 있어 할 수 있어."

『죽어죽어죽어죽어―!』

"입이 험하네……."

게임이 끝나고 우리는 근소한 차이로 승리했다.

『좋았쓰!』

"휴우―."

『다음 판이야말로 적 팀으로……! 아니, 또 같은 팀!』

"다 운이야, 운."

『으윽. 그럼 이번에도 내가 먼저 돌격할 테니까.』

"오케이― 난 고지대에서 저격할게."

또 그렇게 몇 판쯤 게임을 계속했고…….

『드디어 적 팀!』

기뻐하는 기색이 역력한 목소리로 외치는 여동생이었지만 정작 게임이 시작된 다음엔.

『결국 한 번도 못 마주쳤어!』

"그럴 때도 있지."

뭐라고 해야 하나, 정면으로 어디 한번 붙어보자! 싶은 게임은 한 판도 나오지 않았고.

『내가 생각한 거랑 다른데!』

"뭐, 기본적으로 팀플레이 게임이니까 말이지……."

불만스러워하는 여동생을 다독였다. 이건…… 아무래도 승패는 갈렸다! 싶은 분위기는 아닌 것 같았다.

잘 생각해 보면 당연한 일이다. 진짜로 누가 더 잘하는지 확실하게 겨뤄보고 싶었으면 내가 마이랑 사츠키 양과 게임을 했을 때처럼 일대일로 승부를 냈어야 한다. 그러지 않고서야 이기는 것도 지는 것도 거의 운에 좌우될 게 뻔하다.

……그리고 내 입으로 굳이『일대일로 붙자』라고 말할 필요는 없다! 왜냐하면! 지기 싫으니까!!

『젠장―. 아, 다음 게임은 나, 무기 바꾸고 올게.』

"뭐 쓰게?"

『지금 좀 연습 중인 무기가 있거든. 이게 어렵단 말이지. 혹시 팁 같은 거 있어?』

"어, 그거라면―."

그렇게 한 시간쯤 지났을 때, 여동생은 깨달았다.

『이거 그냥 언니랑 같이 게임하고 노는 거잖아?!』

"뭐…… 그렇죠."

『끄으응.』

"아, 그래도 정말 실력이 늘었어. 대단해. 제대로 게임이 돌아가는 판세를 읽으면서 움직이고 있는 데다 이제 좀처럼 죽지도 않게 됐고."

『……뭐, 그렇지! 매일 하니까 실력이 느는 것도 당연하잖아!』

인싸답게 희로애락이 뚜렷하게 드러나는 쾌활한 여동생의 목소리가 왠지 모르게 듣기 좋아서.

……승부가 아니라, 이렇게 함께 노는 거라면 또 같이 해도 괜찮지 않을까, 하는 생각이 들었다.

『좋아―, 다음에야말로 언니를 쳐 죽이겠어―.』

"입이 험해……."

“그나저나 사츠키 양은 어디까지 진행했어요?”

점심시간. 사츠키 양을 붙잡고서 얘기를 꺼냈다.

“어디까지?”

“게임 말이에요. 연애 시뮬레이션.”

“아아. 꽤 많이 진행했어. 지금 3학년 여름쯤이었던가.”

“오오…… 이제 곧 깨겠네요!”

저번에 사츠키 양네 집에 갔을 때 같이 연애 시뮬레이션 게임을 하고 놀았다. 같이 했다고 해야 하나, 사츠키 양이 플레이하는 걸 구경했다고 표현하는 쪽이 정확할지도.

그때 사츠키 양은【공부 0】, 【운동 0】, 【외모 0】인 주인공한테『아마오리 레나코』라고 이름을 지어줬다. 그 탓에 잔뜩 약이 올랐지만, 그래도 사츠키 양과 게임 얘기를 나눌 수 있게 된 건 기뻤다.

“세이브 구경해 볼래?”

“어? 그래도 돼요? 그건 그렇고 학교까지 게임기를 들고 온 건가요.”

“아르바이트 쉬는 시간에 꺼내서 하니까.”

“뭣이라…….”

나라면 다른 사람 앞에서 휴대용 게임기로 게임을 했다간 오타쿠 취미가 들킬지도…… 싶은 생각에 절대로 못 했을 텐데, 오히려 사츠키 양처럼 평소에 게임을 안 하는 사람일수록 편견이 없는 걸지도 모른다. 가방에서 문고본 책을 꺼내 읽는 것과 다를 바 없는 감각 아닐까.

그렇지만 교실에서 당당하게 게임을 하는 건 차마 엄두가 나지 않는다.

"앗, 그러면 옥상으로 가요."

밖으로 나오니 역시 제법 공기가 차가워졌다. 벽에 등을 기대고서 사츠키 양이 플레이하는 게임을 옆에서 들여다보았다.

"지금 대충 이런 느낌."

"오…… 스테이터스가 엄청 많이 상승했어!"

"그렇지. 슬슬 이제는 아마오리 레나코라고 부르기 힘들지도 모르겠어."

"그게 말이 되나요??"

내가 레벨업하면 아마오리 레나코가 아니게 되는 거야? 포켓몬이야?

"다른 스테이터스도 제법 많이 올랐고, 특히 【공부】는 거의 최대치 직전이네요—."

"얼마 전에는 드디어 전교 1등을 달성했어. 2등으로 전락한 테비키가 굳이 찾아와서는『지고 말았네. 레나코 군은 대단해』라며 증오 넘치는 얼굴로 미소를 건네는 게 참 기분 좋더라."

"사츠키 양의 인식은 일그러졌어……."

등수를 추월당한 미치노 테비키 양은 열심히 노력한 주인공을 다시 보게 된다는 가슴 따뜻한 이벤트였을 텐데…….

“다음 시험 때는 아마 테비키도 죽어라 노력해서 전교 1등을 되찾기 위해 덤벼들겠지. 그때부터가 진정한 승부야.”

그런 게임이 아닐 텐데 말이지, 하고 속으로 생각하면서도 사츠키 양이 즐거워 보이니 다행이라고 안도했다. 이 게임이 시대에 구애받지 않고 사랑받는 이유는 연애 요소뿐만 아니라, 3년간의 고등학교 생활과 청춘을 체험할 수 있는 학원 시뮬레이션으로서의 완성도도 훌륭하기 때문이다.

다만, 역시나 신경 쓰이는 부분은 바로 연애 파트.

“학생회 소속 여자애와의 관계는 어떤가요? 진전이 있나요?”

“진전이 있냐고 물어도. 그저 끝없이 데이트를 되풀이하고 있을 뿐이거든.”

“뭐, 그런 게임이니까…….”

“원래는 친구 관계조차 아니었던 고등학생 남녀가 10번도 넘게 단둘이서 데이트를 했는데 그러고도 뭔가 특별한 이벤트가 전혀 없다니, 이 정도면 가능성이 아예 없다고 생각해. 포기하는 편이 낫지 않을까? 아마오리 레나코.”

“이건 전체 이용가 게임이니까요!”

내가 마이랑 첫 키스를 했던 때는 둘이 처음으로 놀러 갔던 날이었다. 아니지, 먼저 수영장도 갔다가, 그전에 우리 집에 두 번 놀러 오기도 했으니까 네 번째인가? 하지만 중간에 단둘이 카페에 간 적도 있었지…….

“뭐 어때요, 고등학생다운 순수한 연애라는 느낌이 나서 좋잖아요.”

“……. 그러네.”

지극히 일반적인 의견을 내세우는 나를 보며 사츠키 양은 뭔가 하고 싶은 말이 많아 보이는 표정을 지었다.

“왜 그러는데요?!”

“아니, 네 입에서 『순수함』 같은 단어가 나왔다는 점에 놀라움을 감추지 못했을 뿐이야. 그래, 그 단어를 알고는 있었구나.”

“제 생각에 저는 꽤 순수한 편이라고 생각하는데요…….”

“훗.”

“코웃음 쳤어?!”

그런 대화를 나누는 사이에 게임에서 하교 이벤트가 발생했다. 상대는 사츠키 양의 히로인, 아지사이 양을 닮은 학생회 여자애였다.

같이 하교하지 않을래? 하고 권하는 주인공. 그러나 거절당했다.

“어라?”

“세나한테 무슨 잘못이라도 했어? 아마오리.”

“제가 그런 게 아닌데요!”

현실에서 아지사이 양한테 거절당한다면 『뭔가 다른 볼일이 있나 보네—』라고 생각하고 넘어갔겠지만.

“혹시 요즘은 권할 때마다 거절당하고 있나요?”

“맞아. 비교적.”

“으으음…… 이건 혹시…….”

나는 사츠키 양한테서 게임기를 건네받아 먼저 세이브를 한 다음 주인공의 평판을 살펴봤다. 이건 주변 여자애들이 주인공을 어떻게 생각하고 있는지 알 수 있는 기능이다.

그랬더니…….

"완전 미움받고 있잖아!"

"대체 뭘 한 거야, 아마오리."

"그러니까 제가 그런 게 아니라고요!"

현재까지 등장한 대부분의 히로인 캐릭터에게『싫어』라고 밉보인 주인공을 보자 위가 쿡쿡 쑤시기 시작했다. 벌써 3학년 여름인데……!

"설마…… 폭탄이 터진 건가요……?"

"폭탄?"

"이 게임엔 상당히 독특한 시스템이 있어서요……. 주변 여자애들을 너무 방치하면 폭탄이 폭발해서 모든 애들의 호감도가 확 떨어지는 시스템이라……."

"무슨 말인지 이해가 잘 안되는데."

"마음에 안 드는 여자애랑도 데이트해서 호감도를 올려두지 않으면 안 된다고요!"

"그런 못된 행동을 해야 한단 말이야? 이름을 아마오리 레나코라고 짓지 않아도?"

"아마오리 레나코가 아니더라도 그래요! 아니, 누구보고 못됐대!"

나는 머리를 감싸 쥐었다.

3학년 여름 시점에 모든 히로인한테 미움을 산 상태여서야 개별 엔딩을 보는 건 불가능에 가깝다.

"지금부터 만회하는 건 상당히 어렵겠네요……."

여자친구를 만들겠다는 목표를 품고 고등학교에 와서 마침내 전교 1등이라는 타이틀을 손에 넣을 정도로 노력한 아마오리 레나코. 그런데 그렇게 노력했는데도 여자애들한테 관심을 주지 않았다는 이유만으로 미움을 샀다는 사실에 나도 모르게 눈물이 날 것 같았다.

너는 그렇게나 열심히 노력해 왔는데…… 인간관계 유지가 서투르다는 이유만으로……. 어쩜 이렇게 가여울 데가…… 아마오리 레나코…….

"왜 멋대로 포기하는 거야, 아마오리."

"어?"

사츠키 양이 엄격한 시선으로 나를 응시했다.

"졸업하기 전까지 아직 모르는 거잖아. 어쩌면 네 노력을 인정해 주는 사람이 한 명쯤은 있을 수도 있는 거 아냐."

"사츠키 양……."

나는 눈물이 그렁그렁한 눈으로 사츠키 양을 마주 보았다.

사츠키 양은 힘주어 고개를 끄덕였다.

"마지막까지 스스로의 노력을 믿도록 해."

"……네, 넷!"

그날 밤, 사츠키 양한테서 문자가 왔다.

『아마오리 레나코는 누구에게도 사랑받지 못하고 쓸쓸하게 고등학교를 졸업했어.』

최악이야!!

Friends?
Lovers?
NAR
ATA-
NA

제7권 쇼트 스토리

퀸텟 네 사람 분량의
SS가 수록되어 있어요~.

요우코

레나코 쿤은 매일 즐거워 보이네요.

아니, 그게.

레나코

요우코

제가 덩치만 커다란 갓난애를 돌보느라
몸과 마음이 닳도록 고생하는 동안……
알콩달콩, 꽁냥꽁냥…….

다, 다음에 꼭 놀러 갈게?!
요우코 짱! 응?!

레나코

"안녕, 레나코. 기분은 좀 어때?"

명랑한 미소를 지은 마이가 옆에 다가와 나란히 섰다.

점심시간. 조금 일찍 옥상에 올라와 있던 나는 옆으로 다가온 마이를 올려다보며 이렇게 생각했다.

어쩐지 이 녀석……. 요즘 계속 나를 옥상으로 불러내네…….

타인이 베푸는 이유 없는 상냥함을 믿지 못하는 슬픈 몬스터인 나는 무심코 엉뚱한 의심을 품었다. 그건 바로 뒤가 켕기는 일이 있으니까 마이가 나한테 살갑게 구는 게 아닐까, 하는 의심이었다.

바로 며칠 전, 마이에게 약혼자가 있다고 발표된 참. 그렇다면 마이는…… 설마 정말로 바람을 피우고 있나……?! (아니, 오히려 내가 불륜 상대였다?!)

"음…… 뭔가 오해하고 있는 것 같다만."

겁을 먹고 동요하는 내 마음이 전해진 걸까, 마이가 쓴웃음을 지었다.

"딱히 뭔가 켕기는 일이 있어서 네게 말을 거는 건 아니야."

"그, 그런가요?"

이런. 또 존댓말이 나왔어!

말을 고쳤다.

"……그래?"

"응. 그저 단순히 요즘은 서로 할 일이 많아서 제대로 데이트도 못 하고 있잖아?"

"하긴."

마이가 바쁜 건 하루이틀 일이 아니지만, 나도 여동생 일로 머릿속이 꽉 차 있었으니까.

"그래서 그래. 조금이라도 너와 함께하는 시간을 만들고 싶었어."

"그건…… 기쁘지만."

나는 뜨거운 음식을 입속에서 굴리는 것처럼 신중하게 물었다.

"그럼 이건 결코 내 비위를 맞추기 위한 행동은 아니라는 뜻이네?"

"아니."

그런데 마이는 내 물음을 단호하게 부정했다.

"나는 네 비위를 맞추고 싶다고 생각해. 언제나 말이지."

한쪽 눈을 찡긋하며 매력적인 웃음을 짓는 마이.

큭……. 가슴이 두근거렸어!

나도 모르게 토라진 듯이 고개를 돌렸다.

"흐, 흥이다! 그런 소릴 들어도 하나도 기쁘지 않으니까."

"이런이런. 상당히 만만치 않은 공주님이야."

"공주님 아니거든!"

이 타이밍에 내가 볼을 빵빵하게 부풀리면서 『이제 마이 같은 앤 몰라』 같은 소리를 했다간, 모든 게 마이의 수작대로 되고 만다. 갑자기 어디선가 사츠키 양이 나타나서 이번에야말로 나를 옥상에서 밀어 버릴지도 모른다. 나는 짐짓 태연함을 가장했다.

“그건 그렇고.”

마이한테 손바닥을 내밀었다.

“괜찮겠어? 이렇게 자주 빠져나와도. 마이는 지금 약혼자 소동 탓에 학교에서 주목의 대상이잖아. 누군가한테 뒤를 밟히면 어쩌려고.”

“일단 주의를 기울이고 있긴 한데.”

뒤를 돌아보는 마이. 지금은 옥상 문이 단단히 잠겨 있어서 누군가 엿볼 걱정은 없어 보였다.

“어쩌면 너와 단둘이 있는 모습을 누군가에게 들킬 수도 있겠지.”

“위험하잖아!”

“어째서?”

“어?”

마이는 쿡쿡 웃었다.

“퀸텟 내에서도 특히 사이가 친한 너와 단둘이 옥상에서 평화로운 시간을 즐긴다. 그 순간을 누군가에게 들키는 게 왜 위험할까?”

“그건…….”

나는 대꾸할 말을 찾았다.

“어디 보자, 그치만 오우즈카 마이의 알려지지 않은 일면! 뭐 이런 게 기사로 날지도!”

“다른 사람과 함께 있는 데에 싫증이 난 건 아니지만, 너와 같이 있는 시간을 소중히 여기고 싶어 한다. 그냥 그렇게 생각하고 끝나지 않으려나."

그럴지도…….

내가 마이를 '마이'라고 이름으로만 부른다는 사실은 이미 구기 대회 때 들켜버렸으니. 이제 와서 달리 숨길만한 일은…… 없나……? 정말일까? 마이의 술수에 넘어간 거 아닐까?

"앗, 그치만 그런 거라면 당분간 학교에서 키스 같은 건 하면 안 돼."

마이가 주목받는 지금 불필요한 소문이 퍼지게 놔둘 수는 없으니까.

내가 단단히 주의를 주듯이 말하자 마이는 어째서인지 웃었다. 뭔데?!

"그게 말이지. 방금『당분간은 안 돼』라고 그랬잖아."

미소 지은 마이가 내 귓가에 얼굴을 가까이 가져다 대고서 속삭였다.

"……그럼 세간의 이목이 잠잠해지면 해도 되는 걸까?"

"윽?!"

나는 몸을 뒤로 휙 젖히며 귀를 누르고서 고개를 저었다.

"안 돼! 학교에선 안 돼!"

"후후후."

"크윽…….."

내가 이런 추태를……. 마이의 술수에 그대로 넘어가고 말았다. 얼굴이 뜨겁다.

"아, 아무튼…… 학교에선 그런 짓은 안 되니까."

“물론 알고 있고말고. 네게도 폐를 끼치는걸.”

……뭔가 그런 식으로 말하면 내가 더 키스하고 싶어 하는 것처럼 들리지 않나? 이 녀석…….

그래도 신경 쓰고 있다는 건 정말일 테니까.

“마이도 너무 무리하지 마.”

“응.”

“사실무근인 약혼자 소동으로 사람들한테 자꾸만 추궁당해서 정신력 소모가 크잖아. 나는 옥상에서 언제든지 함께 있어 줄게.”

그러자 옆에 서 있던 마이가.

내 어깨에 머리를 기댔다.

“자, 잠깐…….”

“괜찮잖아, 이 정도는.”

“뭐……. 그럴지도 모르지만…….”

카호 짱 같은 경우엔 교실에서 아지사이 양 무릎 위에 거리낌 없이 앉기도 하니까. 그에 비하면 확실히 이 정도쯤은 아무것도 아니겠지.

다만 묘하게 가슴 안쪽이 간질거릴 뿐이다.

“문득 이러고 있고 싶어졌어. 나는 너를 좋아하니까.”

……으으.

쥐어 짜내듯이 대답했다.

“나도…… 좋아하는데…….”

“사랑하고 있어.”

……거기까지는 말 못 하겠어…….

나는 한동안 마이의 체온을 느끼며 어색하게 먼 곳을 바라보
았다.

"이걸로는 안 돼⋯⋯."

이곳은 아지사이 양네 집. 그리고 내 눈앞에선 아지사이 양이 크게 낙담하고 있었다.

아, 아지사이 양⋯⋯?!

"내 실력으론 레나 짱의 잠재력을 100% 끌어낼 수가 없어⋯⋯."

"그렇지 않은데?!"

그렇다, 아지사이 양 잘못이 아니라 처음부터 말도 안 되는 이야기였다.

내가 동창회에 출석하겠다고 말하며 퀸텟 친구들에게 도움을 요청했던 게 바로 며칠 전의 일. 마이에게는 옷을, 사츠키 양에게는 연인 역할을 부탁했고, 카호 짱에겐 최면 음성을 만들어 달라고 요청했다.

그리고 아지사이 양에겐 뭘 부탁했느냐, 내 메이크업 담당을⋯⋯ 부탁했는데.

"애초에 0에는 뭘 곱해도 0인 거니까⋯⋯. 아지사이 양에겐 부담이 너무 컸던 거야⋯⋯. 애초에 소재부터가 형편없는데 겨우 화장으로 어떻게든 해달라고 하는 건 당연히 무리겠지⋯⋯. (※무리였다!)"

"그렇지 않아!!"

으와앗! 아지사이 양이 이렇게 큰 목소리로 외치는 건 오랜만에 들었다. 『아, 정말―!』하고 화를 냈을 때 이후로 처음이다.

"레나 쨩의 잠재력은 정말로 대단해…… 대단하단 말이야! 백 억 정도는 된다고! 그러니까 지금 문제가 있는 건 내 실력인 거야……!"

으와아아…….

아지사이 양이 머리를 감싸 쥐었다.

어쩌지, 아지사이 양이 풀이 죽어 있어. 내가 할 수 있는 일은 뭔가…… 뭔가 없는 건가……?

"그, 그렇지! 아지사이 양, 다음에 같이 치즈케이크가 맛있는 가게에 가자! 얼마 전에 타임라인에서 봤어! 응? 응?"

"…………."

풀이 죽은 아지사이 양은 무반응이었다.

무반응?!

그럴 수가……. 아무리 힘없고 기운 없는 상황에서도 상대방의 얘기를 듣고서 맞장구를 쳐줄 터인 아지사이 양이 무반응이라니……. 나는 아지사이 양을 그 정도로 낙담시켰어……. 아으아 으아으아으.

나, 나는, 대체 어떻게 해야…….

"……좋아."

그저 어찌할 바를 몰라 허둥대고 있었을 때, 아지사이 양이 조용히 고개를 들었다.

그 눈에는 올곧은 광채가 서려 있었다.

"……수행……."

“뭐?!”

뭔가 아지사이 양이 낸 목소리라고는 믿기지 않는 공기의 떨림이 전해져 왔는데.

아지사이 양이 주먹을 꾹 쥐고서 다시 한번 말했다.

“나는 수행을 하겠어. 레나 짱을 세상에서 제일가는 미소녀로 메이크업해 주기 위해서……!”

어, 어어…….

그 마음은 기쁘지만 무리야, 아지사이 양……! 마법사라도 되지 않는 한은!

그날부터 아지사이 양의 수행이 시작됐다.

아지사이 양은 학교에 메이크업 도구를 가져와서(게다가 상당히 많이) 방과 후마다 내 얼굴에 화장을 해줬다.

집에선 매일 프로 메이크업 아티스트들의 영상을 보면서 연구 중이라고 한다.

“뭐가 아지사이 양을 그렇게까지 하게 만드는 거야……?”

어느 날, 그렇게 물어본 적이 있었다.

그러자 아지사이 양은 진지한 표정으로.

“……나는 레나 짱의 얼굴을 좋아하니까.”

“엇…….”

그건 놀라운 말이었다.

우리 둘만 남은 저녁놀이 비추는 교실. 아지사이 양은 헉, 하고 무슨 말을 했는지 그제야 깨달은 것처럼 뺨을 새빨갛게 물들였다.

"아, 저기. 레나 짱의 얼굴도, 좋아해. 얼굴도 좋아한다는 뜻이
야. 그래서 있지."

"네, 네에."

"나는 지금 그대로도, 물론 레나 짱이 무지무지 귀엽다고 생각
하는데…… 그래도 있잖아, 레나 짱이 나를 의지해 준 것도 기뻐
서, 그래서 나뿐만 아니라 세상 모든 사람이 레나 짱을 더더욱 귀
엽다고 느껴줬으면 해서……."

뭔가 얼떨결에 엄청난 말을 듣고 있는 듯한 느낌이다…….

창피한 듯이 몸을 꼬고 있는 아지사이 양에게 되물었다.

"애초에 아지사이 양, 내 외모가 귀엽다고 생각하고 있었어……?"

"어? 항상 말하고 있었잖아?! 귀여워, 라고……."

나는 유명한 인터넷 밈을 떠올리고 있었다.『귀여움에도 두 종
류가 있어! 나한테 하는 귀엽다는 말은 아마도…… 후자!』

그런데 흔히 마스코트 캐릭터를 보며 말하는 듯한 귀여워가 아
니었던 모양이다.

아지사이 양이 분명하게 나를 한 명의 여자애로서 귀엽다고 인
식하고 있었어……?!

세상에서 제일 귀여운 아지사이 양이?!

나는 정화된 듯한 미소를 지었다.

"……고마워, 아지사이 양."

"으, 응?"

"아지사이 양이 지금 해준 말로 나는 구원받았어."

"그, 그래?"

"설령 온 세상 사람들이 적으로 돌아선다 해도, 단 한 사람, 아지사이 양이 나를 귀엽다고 생각해 준다면…… 내 지금까지의 인생은 헛되지 않았던 거야. 고마워, 아지사이 양."

"어라?! 온 세상 사람들이 좋아해 줄 수 있도록 만들겠다는 얘기를 방금 했는데?!"

"됐어. 그런 덧없는 꿈같은 이야기는……. 나는 이미 충분히 보답을 받았으니까……."

"레나 짱?! 레나 짜앙―!"

아지사이 양이 어깨를 잡고서 탈탈탈 흔들었다.

후후후. 기쁜걸. 자기 긍정감이 채워지고 있어……. 설령 오늘이 최종회라도 좋아.

아지사이 양의 저 발언은 아마 콩깍지 씐 눈으로 봐서 그런 거겠지, 비유하자면 자기가 기르는 고양이가 아무리 못생겼어도 세상에서 제일 귀여워 보이는 현상과 비슷한 거겠지만…… 그래도, 설령 그렇다 해도, 기뻐. 이렇게 기쁜 일은 내 인생에 다시 없을지도 몰라.

"아, 아무튼! 나는 시도할 수 있는 건 전부 해볼 테니까! 레나 짱!"

"후후후, 오케이☆"

나는 밝게 웃었다. 어쩌면 매일 밤 듣고 있는 카호 짱의 최면 음성이 효과를 발휘하기 시작했던 걸지도.

그렇게 아지사이 양의 방과 후 수행은 당분간 쭉 이어졌다.

하지만 아지사이 양은 결국 내 잠재력을 백억 다 끌어내지는 못했고……. 동창회가 코앞으로 다가오고 말았다는 타임리미트 탓에 수행은 끝을 맞이하게 되었다.

아지사이 양은 분한 것처럼 보였으니 조만간 리벤지할 기회가 찾아올지도 모르겠다.

지금까지 그다지 본 적 없었던 아지사이 양의 고집과, 완고한 부분을 마음껏 맛볼 수 있었던 나날이었다. (부끄럽긴 했지만!)

"그럼, 먼저 당신이 되고 싶은 『이상적인 인물』을 가르쳐 주세요."

콘택트렌즈를 낀 채로 멋쟁이 안경까지 쓴 카호 짱이 다리를 꼬며 내게 물었다. 손에는 그럴싸한 서류 바인더를 들고 있었다.

"어, 그게—."

나는 열심히 고민해 봤다.

이곳은 카호 짱의 방이다. 나는 동창회라는 이름의 최종 던전에 도전하기 위해 검과 방패, 그리고 갑옷과 장신구를 파밍하는 중이었다. 그리고 이건 그 여정의 일환.

카호 짱에게 전용 최면 음성을 의뢰해서, 자신감이 떨어진다는 내 멘탈의 약점을 보완하려는 작전이었는데.

"뭔가, 좀 이렇게…… 겁나 쎈 나…… 같은 느낌……."

"이미지가 모호해!"

"히잉."

너무 애매모호하게 대답했더니, 카호 짱이 버럭 꾸짖었다.

카호 짱은 섹시한 여자 의사 캐릭터는 바로 내팽개치고 나를 향해 손가락을 척 들이밀었다.

"알겠어? 뭐든지 일단은 이미지입니다! 자기가 되고 싶은 모습을 얼마나 뚜렷하게 그려낼 수 있는가에 따라 성공 확률이 비약적으로 달라진단 말이야!"

뭔가 넨 능력 설명처럼 되어 버렸는데…….

"코스프레를 할 때는 이런 인터뷰 한 번도 안 했었는데……."

"그거야 내가 바라는 레나 짱의 이미지를 강제로 주입했을 뿐이니까."

태연하게 말하는 카호 짱.

그거 나에 대한 인권침해 아니야……?

"그래서, 어떤 식으로 변하고 싶어? 마이마이? 사 짱? 아 짱?"

"퀸텟 친구들처럼 될 수 있다면 그야말로 이상적이겠지만…… 그래도 이번엔 미묘하게 목적이 다르니."

"호오. 목적이라. 목적은 중요하지. 거기서부터 되짚어서 생각할 수 있으니까."

"으, 으응. 마이나 아지사이 양은 성격이 무척 상냥하잖아. 그래서 『나 완전 인싸입니다—!』라는 표정으로 참전해야 하는 동창회에는 어울리는 장비가 아닌 것 같단 말이지."

"흐음…… 과연 그렇군."

카호 짱은 일단 납득한 것 같았다.

이렇게 말해도, 아마 본인들은 마음만 먹으면 얼마든지 가능하겠지 싶지만. 누구에게나 차가운 태도로 대하는 마이라든가, 혹은 평소보다 살짝 더 압박감을 내뿜는 아지사이 양이라든가. 나보다 인생 경험이 풍부할 테니까.

그래도 내가 머릿속으로 떠올리는 모습은 누구에게나 구별 없이 상냥함을 베푸는 두 사람의 모습이다. 그런 두 사람을 흉내 낸다고 해서, 방약무인하게 굴 수 있을 거라는 생각은 안 든다.

“사 짱은?”

“애초에 사츠키 양이 누군가와 적극적으로 교류하는 모습이 상상이 안 가! 알면서 묻는 거지!”

“냐하하.”

카호 짱은 웃음으로 얼버무렸다. 굳이 내 입으로 말하게 만들다니…… 이 나쁜 여자……!

그러더니 카호 짱은 이번엔 자신을 가리켰다.

“그럼 나는?”

“카호 짱은 절대로 무리야.”

“호오오. 이유는?”

이번엔 이유를 짐작하고 묻는 건 아닌 모양이었다.

그렇지만 그다지 대답하고 싶지 않아……!

내키지 않는 표정을 짓는 내 뺨을 콕콕 찔러댄다.

“그─럼─나─는─?”

으응.

“카호 짱은 너무 귀여워서…… 어떤 식으로 까불더라도 이내 용서하게 되니까……. 그런 기적은 카호 짱의 얼굴을 가진 애가 아니면 불가능해…….”

“호오오오─.”

카호 짱은 턱 아래에 손을 대고서 기쁜 듯이 눈을 빛냈다.

“레나 짱, 내가 뭘 해도 얼굴이 예쁘니까 용서해 주는 거였다냥.”

“그래서! 다른 사람을 이미지해야 하는 거야!”

나는 억지로 화제를 바꿨다.

"누구에게나 호감을 사고, 더할 나위 없이 인싸스럽고, 한 수 위라는 느낌이 들고, 다소 강압적이고, 냉정한 말도 서슴없이 단호하게 할 줄 아는 듯한……."

말하는 동안 점차 내 머릿속에 두 사람의 인물상이 떠올랐다.

한 명은 아마오리 하루나. 여동생이다. 하지만 여동생과 한창 다투고 있는 와중에 여동생을 흉내 내며 난관을 해결한다는 건, 너무나도 자존심이 상하는 일이다.

그러니 다른 한 사람.

"좋아, 떠올랐어."

나는 마음속에 테루사와 요우코 짱을 그려내기로 했다.

요우코 짱에 대해선 표면적으로밖에 모른다.

오히려 그런 만큼 겉모습을 흉내 낸다는 의미에서도 안성맞춤이라는 느낌이 든다.

"오케이―. 그럼 나도 바로 작업에 착수해 볼까."

카호 짱이 하나하나 세어 보듯이 손가락을 접었다.

"레나 짱이 동창회에서 무쌍을 펼치기에 딱 알맞은 각본을 써주고, 낭독해주고, 편집해주고, 음성 데이터로 만들고, 그걸 레나 짱한테 보내고……."

"뭔가 엄청나게 수고를 끼치네요!"

새삼 작업 과정을 들어보니 미안한 마음이 물밀듯이 몰려왔다.

"내가 해줄 수 있는 일이 뭔가 있을까요……? 돈, 이라든가……."

"으음……."

카호 짱은 미간을 찌푸렸다. 앗, 내 죄책감에서 비롯된 강요에 가까운 선의가 카호 짱을 고민하게 만들고 있어……! 마음이 괴로워……!

잠시 고민한 뒤, 카호 짱이 방긋 웃었다.

"그럼 내가『이젠 싫어―! 지쳤어―!』라는 상태가 됐을 때."

"됐을 때 옆에서 열심히 응원해줄까……?! 아니면 열심히 시중을 들어줄까?!"

아니었다.

"그때는 기운 내―, 하면서 나한테 쪽― 해주기."

자기 입술을 손가락으로 콕콕 가리키면서 카호 짱이 터무니없는 말을 꺼냈다.

아하, 그렇구나…….

"그거 빼도 박도 못할 바람이잖아!"

"에이― 그치만♡"

카호 짱이 애교 섞인 달콤한 목소리로 보챘다.

"레나 짱의 키스가 없으면~♡ 의욕이 안 난다냥~♡"

"의욕이라는 건 마음만 먹으면 생기는 거라고 훌륭한 사람도 말했어! 자자, 힘내라 카호 짱! 파이팅! 카호 짱은 할 수 있다! 파이팅―!"

이리하여 나는 소악마처럼 칭얼대는 카호 짱을 격려하면서, 작업이 이루어지는 동안 한결같이 계속 응원을 보냈다.

그치만 미워할 수 없어……. 왜냐하면 카호 짱은 귀여우니까…… 큭!

"……이런 느낌일까?"

옷을 갈아입은 사츠키 양이 모습을 드러냈다.

그걸 본 나는 감탄의 목소리를 흘렸다.

"우와아…… 자, 잘 어울려……!"

이곳은 카호 쨩네 집이다. 사츠키 양 옆에선 카호 쨩이 우쭐한 표정과 함께 으스대듯 가슴을 내밀었다.

"어때! 내 코디가!"

"굉장합니다……!"

"그치! 이쯤이야 당연하지!"

어째선지 카호 쨩이 오히려 더 자랑스러워하는 기색이다.

"남장은 모든 여성 코스플레이어의 로망이나 마찬가지……. 그걸 이렇게 뛰어난 소재를 가지고 마음껏 꾸며볼 수 있다니, 분에 넘치는 행복이야!"

그렇다. 오늘은 동창회에 출석하기 위한 네 가지 신기. 갑옷, 방패, 장신구, 그리고 검 중에서 검을 담당한 사츠키 양의 결과물을 보러 온 거였다.

사츠키 양에겐 동창회에서 나를 맞이하러 오는 연인 역할을 부탁했다. 실제 내 여자친구인 마이와 아지사이 양을 제치고 발탁한 거라서 두 사람이 불쾌하게 느끼지는 않을까 걱정했는데…….

마이도 아지사이 양도, 『사츠키 (쨩)이라면야』라고 하면서 고개를 끄덕여 주었다. 정확히 말하면 두 사람도 순수하게 사츠키 양이 남장한 모습을 보고 싶었던 것 같다. 보나 마나 어울릴 게 분명하다면서.

그리고 그 결과가 지금 이거다.

너무 잘 어울려!

"뭔가 답답하네."

굽 높은 스니커즈를 신고 긴 머리카락을 가발 속에 쑤셔 넣은 사츠키 양이 거울을 들여다보았다.

원체 타고난 미모가 좋다 보니, 살짝 남장 메이크업을 곁들인 것만으로도 굉장히 잘 어울렸다. 한국 아이돌 같았다.

"그래도 익숙하지? 사 짱은 코스프레도 다양하게 하고 있으니까."

"하고 있다고 해야 할지, 시키니까 어쩔 수 없다고 해야 할지. 그래도 뭐, 그러네. 금방 익숙해지겠지."

그 모습 그대로 빙글 돌았다. 옷도 몸의 라인이 드러나지 않는 옷으로 골랐기 때문인지, 평소보다 어깨가 더 넓어 보였다.

"다음은 연기 지도네!"

"그런 게 필요해?"

"당연하지! 걷는 방식 하나만 봐도 위화감이 드러난다고!"

남장이라는 미지의 장르에 도전하는 상황에서도 카호 짱의 존재는 믿음직스럽기 그지없다.

"알겠어? 보폭을 좀 더 크게, 안짱다리가 되지 않도록 조심해. 그리고 살짝 어깨도 넓히고."

"이렇게일까."

“맞아맞아! 좋은 느낌이야, 좋은 느낌!”

역시 뭐든 습득이 빠른 사츠키 양. 순식간에 카호 짱의 지도를 흡수한다.

“굉장해……. 지금 이 순간 남장 업계의 초신성이 탄생하려 하고 있어……!”

전율하듯 몸을 떠는 카호 짱.

“안 할 건데.”

얼음처럼 차가운 사츠키 양의 목소리도 카호 짱의 정열을 식히기엔 부족한 모양이었다.

“사 짱! 다음 이벤트는 남장하고 나가자! 1만 리트윗은 따 놓은 당상이야!”

“안 할 건데.”

“그럼 일로서 정식으로 의뢰할게!”

“……뭐, 생각해 볼게.”

사츠키 양은 평소 버릇대로 머리카락을 손가락으로 쓸어 넘기려다가 허공을 스쳤다. 지금 사츠키 양은 짧은 머리카락이니까.

“저기―.”

주제넘지만 나도 의견을 제시해 보았다.

“혹시 괜찮다면 목소리 톤도 좀 낮춰서 말하는 편이 좋지 않을까요.”

“앗, 듣고 보니! 나는 촬영할 때만 생각했어.”

그렇겠죠!

커흠, 하고 사츠키 양이 몇 번인가 목을 가다듬었다.

"아, 아─아─. 어떨까. 이 정도? 어때."

"오오, 괜찮은 느낌."

일반적인 남자 고등학생보다는 다소 높은 편이지만, 사츠키 양은 원래부터 허스키한 목소리라 그런지 충분히 중성적인 인상을 주었다.

사츠키 양이 갑자기 얼굴을 가까이 들이밀었다.

"어때? 아마오리. 잘 된 것 같아?"

"엇?!"

큰일이다. 무심코 두근거렸어.

갑자기 사츠키 양이 허스키 보이스로 속삭이니까 뭐라고 해야 할까, 등줄기가 짜르르!

사츠키 양이 입꼬리를 말아 올리며 미소를 지었다.

"나쁘지 않은 모양이네."

그 모습을 지켜보고 있던 카호 짱이 팔짱을 끼면서 말했다.

"……이거, 돈 냄새가 솔솔 난다냥……."

"『코토 사츠키의 사랑을 듬뿍 담은 허스키 속삭임 카페 ~당신의 귀가를 애타게 기다리는 남장 집사~』라는 뜻?!"

"완전 좋잖아……."

카호 짱이 황홀한 표정을 짓는다.

뭐, 나는 딱히 동창회에서 사츠키 양이 남자로 보이든 여자로 보이든, 어느 쪽이든 상관없었지만…….

그저 단순히 외모가 주는 박력이 가장 컸던 게 사츠키 양이었을 뿐이라…….

"좋아."

다시 정신을 차린 카호 짱이 힘주어 고개를 끄덕였다.

"최종 테스트를 하자."

"테스트라니?"

"훗훗훗."

카호 짱이 스마트폰을 들어 올렸다. 스마트폰 화면에는 아지사이 양에게서 온 메시지가.

『곧 도착해—』라고 와 있었다.

＊＊＊

아무것도 모르는 아지사이 양이 카호 짱네 집 초인종을 눌렀다.

초인종이 울리고서 잠시 후, 문이 열렸다.

당연히 카호 짱이 현관에 나올 줄로만 알았던 아지사이 양은 와앗, 하고 놀라며 눈이 휘둥그레졌다.

현관에 서 있는 사람은 굉장히 잘생긴 키 큰 남자애(?)였으니까.

"어, 어어?"

"세나."

부르는 목소리에 간신히 눈치챈 모양이다.

"앗, 사츠키 짱?!"

"별로…… 평소랑 그렇게 다른 것도 아니잖아."

"그, 그런가……? 그렇구나, 그게 카호 짱이 프로듀스해준 모습이야? 와아, 굉장해! 정말 잘 어울리네!"

"그래. 고마워."

사츠키 양이 미소를 짓자, 아지사이 양이 저도 모르게 뺨을 붉혔다.

"뭐라고 해야 하나…… 사츠키 짱은 평소에도 멋있지만, 평소보다 훨씬 더 멋진 면이 강조돼서 굉장히 멋있다고 해야 하나……."

나랑 카호 짱은 문 뒤에 숨어서 그 광경을 지켜보고 있었다.

"음후후. 이 정도면 대성공이네……."

나도 모르게 중얼거리고 말았다.

"아지사이 양, 너무 동요하는 거 아닌가……."

"저런 스타일이 취향인 거 아니야?"

확실히 사츠키 양의 미모는 전 인류의 취향에 직격이겠지만…….

카호 짱이 내 어깨를 두드렸다.

"너무 마음에 두지 마, 레나찡……."

"동정하는 시선으로 보지 마……!"

목소리를 낮춰 태클을 걸었다. 사츠키 양은 나를 위해서 협력해 주고 있을 뿐이라고!

그런데 그러는 한편, 사츠키 양과 아지사이 양은.

"너한테 그렇게 칭찬을 들으니 쑥스러운걸."

"어? 그래? 사츠키 짱에겐 언제나 칭찬을 건네고 있다고 생각하는데."

"그럼, 언제나 쑥스러워하고 있다는 걸로."

"아하하. 그러면 더 많이 쑥스럽게 만들어 줄까나."

좋은 분위기를 무한히 자아내고 있었다.

사, 사츠아지!!

사츠키 양과 아지사이 양이 꽁냥대는 모습이야 항상 있는 일(?)
이지만, 지금은 뭔가, 평소보다 그림이 묘했다. 천사 같은 미소녀
인 아지사이 양과, 남장 미인 사츠키 양의 모습은 너무나도 잘 어
울렸다.

"NTR……."

카호 짱이 매우 흉흉한 말을 입에 담았다. 야.

그때 사츠키 양이 이쪽을 돌아보았다.

"자…… 이 정도면 충분하겠지?"

나와 카호 짱이 숨어있는 장소를 향해 말을 걸었다.

"응. 오케이 오케이."

카호 짱이 모습을 드러냈다. 뒤이어 나도.

"아…… 카호 짱이랑, 레나 짱……."

눈을 깜빡이는 아지사이 양.

카호 짱이 웃으면서 손가락으로 OK 사인을 만들었다.

"이만큼 아 짱을 두근거리게 만들 수 있다면 충분해, 충분. 어
떤 남자도, 여자도, 한 방에 함락이야!"

"정말 믿음직스러워."

나는 쓴웃음을 지으면서 별 뜻 없이 그렇게 말했을 뿐인데.

그렇게 말했더니, 아지사이 양의 얼굴이 점점 빨갛게 달아오르
다가.

……응?

나와 사츠키 양, 카호 짱, 한 사람 한 사람에게 마치 변명하듯

이 이렇게 외친 것이다.

"두—— 두근거리지 않았으니까! 진짜 안 그랬거든?!"

그 후, 나한테『두근거린 적 없어』『잘 어울려서 깜짝 놀랐을 뿐』『정말로 오해니까』라며 거듭 강조하는 메시지가 연달아 오게 됐는데……. 나는 어째서 아지사이 양이 그렇게 못을 박는지 전혀 알 수 없었다.

그다지 상관없지 않나……? 좀 두근거려도……. (그렇게 답장했더니 추가로『안 그랬다니까—!』라고 메시지가 왔다.)

페어용 특전 쇼트 스토리

"두구두구! 제1회, 아내로 삼고 싶은 여자애 선수권, in 아시가야—!"

1학기, 종업식 날의 쉬는 시간에 있었던 일이다. 오랜만에 다섯 명이 다 함께 모여 있었을 때, 교실에 카호 짱의 귀여운 목소리가 울려 퍼졌다.

나와 사츠키 양, 아지사이 양, 그리고 마이의 시선을 모으며, 카호 짱이 검지를 세웠다.

"자아, 그래서 아내로 삼고 싶은 사람은 누구인가요? 먼저, 아 짱!"

"어—? 나라면, 글쎄."

깜짝 대회가 개최된 모양이다. 내가 규칙도 파악하지 못하는 동안 대화가 이어졌다. 어느 때든 세상은 나를 기다려 주는 법이 없다.

"그러면 카호 짱이려나?"

"나?! 진짜?!"

아지사이 양이 아내로 삼고 싶은 여자애는 카호 짱이었다!

실화냐, 카호 짱이라니. 어? 아지사이 양, 카호 짱을 그 정도로 좋아했었어?

그러자 카호 짱도 양손으로 뺨을 감싸며 몸을 배배 꼬았다.

"그, 그렇구나, 아 짱은 나한테 폴 인 러브였던 거구나……. 그,

그럼 앞으로 잘 부탁드립니다…… 부족한 몸이지만요!”

“카호 짱과 함께라면 집안 분위기도 밝고, 매일이 즐거울 것 같은걸.”

아지사이 양과 카호 짱은 둘이서 『그치―』라며 마주 고개를 끄덕였다. 귀여워.

이 두 사람이 꾸리는 가정은 분명 즐겁겠지. 시끌벅적하고, 떠들썩하고, 웃음이 끊이지 않는 하루하루일 거야. 두 사람의 아이가 되고 싶어.

“저기저기, 사 짱은? 사 짱은?”

손톱만큼도 흥미가 없다는 표정을 짓고 있던 사츠키 양은 카호 짱의 말에 “그러네” 하고 턱을 괴었다.

“이 중에서라면…… 뭐, 아마오리 아닐까?”

“어?!”

엄청 큰 목소리가 나와버렸다.

사츠키 양이 나랑 결혼하고 싶다고 생각했었어……? 언제부터?! 여태까지 쭉?! 처음 만났을 때부터?!

눈과 눈이 마주친 순간 사랑에 빠졌던 거야……? 그럴 수가, 지금까지 나는 사츠키 양의 마음도 눈치채지 못한 채…….

“그렇게 기대하는 표정을 짓고 있는 와중에 미안하지만, 그다지 대단한 이유는 아니야.”

“이유도 가르쳐 주시는 건가요?!”

“뭐…… 소거법?”

소거법.

"세나는 내 양심이 버티질 못하니까 오랫동안 함께 있는 건 불가능할 것 같고."

"그, 그래?"

공감돼.

"카호는 시끄럽고."

"너무해!"

"그래서 소거법으로 아마오리 말고는 없네."

그렇구나, 소거법이구나⋯⋯. 기뻐했던 만큼 상당히 실망하게 되네, 이거.

"나는?"

가슴에 손을 대면서 미소 짓는 마이에게 사츠키 양은 커피 리필을 부탁하는 것처럼 태연한 말투로.

"거론할 가치도 없잖아."

마이가 어깨를 으쓱했다. 하긴 그렇지, 사츠키 양이라면 그렇게 말하겠지⋯⋯.

"나는 단연코 마이마이야!"

척, 엄지를 세우며 찡긋 윙크하는 카호 짱. 사츠키 양이 분위기를 떨구면 카호 짱이 분위기를 띄운다. 마이 그룹의 황금 패턴이었다.

마이가 "영광인걸" 하고 미소 지었다. 그 미소에 이번에는 카호 짱이 가슴을 부여잡으며 설렘에 몸부림치고 있었다. 평화로워⋯⋯.

"나는⋯⋯ 그러네. 그다지 깊이 생각해 본 적은 없지만."

그리고 마이는 턱에 손을 대고서 친구들을 바라보았다.

그때였다. 반 전체가 귀를 쫑긋 세우는 기척이 느껴졌다.

큰일이다. 이 타이밍에『오직 레나코뿐』같은 말이라도 나왔다간, 나는 또 리액션도 제대로 못 하고 우물쭈물 곤혹스러워할 테고, 그러다 잘못하면 거기서 끝나지 않고 우리 반에 마이레나 파벌이 새롭게 탄생해 버릴 가능성마저 있을지도 몰라. 마이레나파, 세력이 무진장 약할 것 같아……!!

그런데 마이는 아름답게 미소 지으면서.

"뭐, 아지사이겠네. 아지사이를 평생의 반려로 맞이하는 사람은 틀림없이 행복하겠지."

지극히 타당한 의견이었다. 의, 의외야……. 그런데 꼭 그렇지도 않나? 마이는 분위기를 읽으려고 마음만 먹으면 읽는 능력 자체는 탁월한걸. 이건 마이아지파도 만족이겠어.

하지만 그렇다고 아무도 눈치 못 채게 나한테만 눈짓을 보내는 건 참아줬으면 좋겠다. 그냥 그걸로 됐어, 네가 진짜로 마음에 둔 사람은 아지사이 양인 걸로 해줘!

그렇게 친구들의 이야기를 듣고서, 그랬구나, 재밌었어, 하고 감상을 느꼈을 때…… 자연스럽게 모두의 시선이 내 쪽으로 모였다. 응?

헉. 그렇구나, 모두 돌아가면서 말하는 패턴인가, 이거. 그야 그렇겠지. 친구들의 이야기를 듣는 데에만 몰두하고 있었다.

어? 나? 내가 누구를 아내로 삼고 싶은가……? 에엑……?

"자, 잠깐만, 으음, 이 중에서였지…… 어어, 그게……."

친구들을 기다리게 만드는 지금 이 상황에 식은땀이 흘렀다.

자, 잠깐만. 일단 진정하자.

이 중에서, 이 중에서라…….

"네네, 그럼 나는?!"

우왓, 카호 짱이 손을 들면서 후보로 나섰다.

카호 짱이 내 아내인 경우라. 귀가하면 항상 집에 카호 짱이 있고, 『아― 피곤하지―! 자, 뭐라도 먹으러 오늘은 밖으로 나가자―! 후훗, 하루하루를 살아가기 위해 가끔은 숨을 돌리는 것도 중요하다냥―』이라며 내 팔을 잡고서 데리고 나가 주려나.

"카호 짱은…… 응, 좋네……."

"어―? 그럼 나는? 나는?"

아지사이 양도 참가했다. 손가락으로 자신을 콕콕 가리킨다.

아지사이 양이 내 아내라면……. 그야 물론, 행복할 거라는 건 확정이지. 목욕을 마치고 나온 아지사이 양이『오늘도 수고했어, 레나 짱. 있잖아, 자기 전에 같이 영화 보자』라며 미소를 지어주는 것만으로도 그날 하루의 피로는 씻은 듯이 날아가고 내일도 열심히 할 수 있을 게 틀림없다.

"아지사이 양은, 무조건이지……."

"그럼 나는?"

사츠키 양까지 참전했다! 나를 놀리려고 끼어든 거지?!

짓궂은 사츠키 양이 아내라면……. 아니, 그렇지만 나는 이미 사츠키 양이 훌륭한 아내로서의 자질 역시 매우 뛰어나다는 걸 알고 있어……. 이렇게 보여도 사츠키 양은 가르치는 것도 잘하고, 상냥하고, 가끔은 무섭고, 그러면서도 정이 깊은 멋진 여자애다.

"사츠키 양도! 완전 가능!"

주먹을 꾹 쥐고서 열변을 토했다. 사츠키 양은 조금도 흥미 없다는 듯이 "아, 그래"라고만 말했다. 이, 이 여자! 자기가 물어봤으면서!

"그럼."

촉촉한 목소리로 아시가야의 라스트 보스가 나를 바라본다.

"나는 어떻지?"

으……. 마이라…….

그야, 뭐, 이렇게나 아름답고, 머리도 좋고, 성격도 좋고, 게다가 돈도 많은 여자가 내 아내가 되어준다면야. 인생은 초 이지 모드나 마찬가지겠죠. 알고 있다고, 그런 건 누구보다도 내가 제일 잘 알고 있어! 나는 왜 마이의 프러포즈를 거절하고 있는지 이해가 안 가기 시작하네!

"오, 오우즈카 양은 물론 더할 나위 없다고 생각합니다."

"그렇군."

마이는 재미있다는 듯이 미소를 지었다.

그렇게 모든 대답이 차례차례 나오고 나서 바로 그 순간.

"즉, 너는 여기 있는 모두를 아내로 삼고 싶다는 뜻이구나."

"……………어?"

그, 그게, 그렇게 되나?

카호 짱, 아지사이 양, 사츠키 양, 그리고 마이가 나를 보며 제각각 히죽히죽, 혹은 싱글벙글 웃고 있었다.

"뭐—?! 하렘이라는 거잖아?!"

“레나 쨩, 욕심쟁이네―.”

“그런 뜻이었다, 이거지…….”

“이런이런, 우리 네 사람을 쥐락펴락하겠다는 건가. 너는 정말
로 재미있는걸.”

아니, 아니야!

“저, 저기, 그게!”

궁지에 몰린 나는 눈이 빙글빙글 돌아가며 이렇게 외쳤다.

“――저는 평생 독신으로 살아갈 테니까요!”

점심시간, 카호 짱이 갑자기 편지 한 통을 꺼냈다. 퀸텟 친구들 다섯 명이 전부 모여 있을 때였다.

"처음 뵙겠습니다, 퀸텟 여러분. 항상 신세 지고 있습니다."

"편지를 읽고 있어……."

카호 짱은 친구들의 주목을 받으면서도 지극히 마이페이스인 태도를 유지하며 계속 읽었다.

"갑작스럽지만, 질문입니다. 퀸텟 여러분은 만약 퀸텟 멤버 중 누군가를 자매로 삼는다면 누가 좋은가요? 언니든, 여동생이든 좋습니다. 또한 이유가 있다면 그것도 얘기해 주시면 기쁘겠습니다. 그러면 항상 건강하시고, 학교생활도 힘내세요."

"누구한테 온 편지야?!"

아지사이 양이 태클을 건다.

카호 짱이 번쩍 손을 들었다.

"저요!"

"그래, 항상 신세를 지고 있는 사람은 맞네."

사츠키 양이 납득했다. 한 건가?

"얘깃거리를 준비해 오자는 생각에 집에서 미리 써왔어."

"왜 그런 노력을……."

나는 신음했다. 그러자 카호 짱이 마이에게 반짝거리는 귀여운 시선을 보냈다.

“자, 마이마이는? 누구를 뭐로 삼고 싶어? 왜 삼고 싶어?!”

“흐음.”

마이는 잠시 생각하는 기색을 보인 뒤, 친구들을 쭉 둘러보았
다. 묘한 긴장감이 흐른다.

“사츠키일까.”

“뭐?”

사츠키 양이 의외라는 듯이 마이를 보았다. 나도 살짝 의외라
고 느꼈다.

“나? 어째서?”

마이가 명랑하게 미소 지었다.

“아무래도, 함께 지내 온 시간이 훨씬 많으니까.”

“흐응…… . 뭐, 그건 그러네.”

수긍하는 사츠키 양은 어쩐지 싫지만도 않은 것처럼 보이는데
내 기분 탓일까.

“평소에도 손이 많이 가는 여동생처럼 여기고 있거든, 사츠키를.”

“밖으로 따라 나와, 너.”

사츠키 양이 마이의 목덜미를 붙잡고 끌고 가려는 걸 나와 아
지사이 양과 카호 짱이 한바탕 말렸다.

몹시도 심기가 불편해진 사츠키 양에게 카호 짱이 싱글벙글 웃
으며 물었다.

“그럼, 사 짱은?”

굉장하네, 카호 짱의 멘탈…… . 나 혼자였다면 급한 볼일을 떠
올리고서 보건실로 향했을 상황이었다.

"그러네, 평소에도 손이 많이 가는 여동생 같은 마이일까……
그렇게 말하고 싶지만, 얘랑 하루 종일 같은 집에서 지내는 건 솔
직히 내키지 않아."

마이가 어깨를 으쓱했다. 부동의 멘탈 퀸은 이쪽이었나.

"음…… 아마오리일까."

"어?!"

나도 모르게 두근거렸다. 그런데 사츠키 양은 눈을 게슴츠레
뜨면서.

"착각하지 말도록 해. 소거법이니까."

"그 말씀은……."

그치만 지금 여기엔 아시가야의 여동생이라 불리는 카호 짱과,
무적의 사랑스러움을 갖춘 아지사이 언니가 있는데.

"먼저 카호는 시끄러워."

"너무해!"

"그리고 세나가 가족이라면 여러모로 살기 불편할 것 같으니까."

"그래서 소거법……."

지난번에 했던 아내로 삼고 싶은 사람 얘기와 정확히 동일한 결
론이었다…….

나는 조용히 고개를 끄덕였다. 그리고 양팔을 벌렸다.

"언제든 언니라고 불러도 되니까요, 사츠키 양……."

"왜 당연한 것처럼 네가 언니라고 생각하는 거야? 당연히 내가
언니잖아."

단칼에 거절당한 나는 다시 자리에 앉았다.

사츠키 언니인가……. 그건 그것대로 뭔가, 좋을지도…….

"아 짱은―?"

"나는 언니를 갖고 싶어."

힐끗, 아지사이 양이 나를 보았다. 두근두근.

그래요, 아지사이 양의 언니 역할이라면 나도 나름 괜찮은 후보라고요. 경험자거든요!

내가 언제 지명되어도 상관없도록 의젓하게 등줄기를 곧게 펴고 있자, 아지사이 양이 입을 열었다.

"그러니까 마이 짱이랑 사츠키 짱!"

"어?!"

옆에 있던 카호 짱이 "왜 레나찡이 놀라?"라고 물었다.

아니……. 그치만……!

"마이 언니랑 사츠키 언니한테 있지, 잔뜩 응석 부릴 거야―."

"아지사이가 여동생이라면 애지중지하게 될 것 같은걸."

"그건 그러네……. 과보호하게 될 것 같은 내가 싫어."

에헤헤, 웃는 아지사이 양과 즐거워 보이는 마이, 그리고 어쩔 수 없다는 듯 어깨를 으쓱하는 사츠키 양. 너무나도 잘 어울리는 미소녀 세 자매의 탄생이었다.

아지사이 양의 언니는 난데……!!

"참고로 참고로 나는―."

카호 짱이 모두의 얼굴을 둘러본 다음 선언했다.

"역시 마이마이이려나! 오우즈카 카호입니다, 부디 잘 부탁드립니다!"

"잘 부탁해?"

카호 짱과 마이가 악수를 나누고 있었다. 그거 분명 속물적인 꿍꿍이속을 가지고 고른 거지, 카호 짱…….

그리고 우물쭈물하던 사이에 모두의 시선이 내게 모였다.

"그래서, 레나찡은?"

"나는……."

엇, 어쩌지.

아지사이 양을 보았다. 아지사이 양을 한 번 더 여동생으로…… 라고 생각했지만, 그런가? 정말로 그런가?

아무런 제약도 없다면 나는 오히려 아지사이 양을 여동생이 아니라 언니로 고르지 않을까? 아지사이 양이 언니로서 내게 상냥함을 베풀어 주는 건데? 그건 이미 우승 아니야?

그래, 나는 여동생보다 언니가 갖고 싶어……. 여동생은 이미 충분해. 여동생이 있어봤자 언니에겐 득 되는 게 아무것도 없어!

그렇다면! 카호 짱을 언니로 삼는다는 코스도 있다. 평소에도 다정한 카호 짱은 분명 내게 즐거운 일들을 잔뜩 가르쳐 주겠지. 명랑하고 귀여운 카호 짱 언니, 좋아…….

거기에 사츠키 양도 마찬가지다. 공부를 가르쳐 주는 사츠키 양은 상냥했으니까. 그리고 엄마에게 손수 뜬 양말을 선물해 줄 정도로 가족 사랑도 지극하다. 여동생인 나를 무척 귀여워해 주는 사츠키 양이라는 구도, 너무 고귀해.

그렇게 말한다면 마이도, 연인일 때는 종종 폭주하는 면도 있었지만, 여동생을 상대로 슈퍼달링에 어울리는 면모를 발휘해 준다면 난 이미 세상에서 제일 가는 공주님 같은 기분이겠지.

"나는……………………."

머리에서 푸쉬익— 하고 김이 뿜어져 나왔다.

"레, 레나찡?!"

"나는, 나는."

쥐어짜듯이 말했다.

"모두가, 내 언니가 되어줬으면 좋겠어."

뺨을 붉히며 그렇게 말하자 친구들이 웃었다.

하지만 그건 나를 바보 취급하는 웃음이 아닌, 마음 훈훈한 광경을 보는 듯한 미소였다.

상당히 기분 나쁜 소리라고 생각했는데, 바, 받아준 건가……?

아지사이 양이 방금 내가 했던 것처럼 양팔을 벌렸다.

"레—나 짱."

"아지사이 언니!"

카호 짱이 내 머리를 쓰다듬는다.

"레나찡♡"

"으으, 카호 언니……."

마이가 턱을 괴고서 미소 지었다.

"레나코."

"마, 마이 언니……!"

위험해. 뭔가 금단의 문이 열릴 것 같다.

이런 연애 시뮬레이션 게임이 있어도 좋지 않을까? 갑자기 언니가 잔뜩 생기는 게임. 그리고 언니들에게 잔뜩 귀여움을 받는 거야. 자존감이 한없이 높아질 것 같아.

그리고 마지막.

기대를 담아 시선을 돌렸을 때였다.

사츠키 양이 턱에 손을 대고서, 지긋지긋하다는 듯이 말해주었다.

"정말이지…… 아마오리."

"아니, 거기선 『레나코』라고 불러줘야죠! 똑바로 언니 역할을 해주세요, 사츠키 양!"

"짜증 나……."

퀸텟의 평화로운 하루가 오늘도 이렇게 흘러간다.

"앗, 그치만 사츠키 양과는 부모님이 재혼해서 갑자기 생긴 언니라 아직 데면데면한 사이지만, 사실은 저와 좀 더 가까워지고 싶다고 생각하는 설정이라면 지금의 『아마오리』도 완전 가능이에요……! 합격이었어요, 사츠키 언니!"

"짜증 나…………."

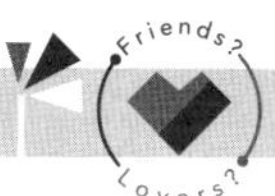

점심시간, 카호 짱이 갑자기 편지 한 통을 꺼냈다. 퀸텟 친구들 다섯 명이 전부 모여 있을 때였다.

"처음 뵙겠습니다, 퀸텟 여러분. 항상 신세 지고 있습니다."

"카호 짱의 편지 쇼다……."

친구들에게 화젯거리를 제공하기 위해 카호 짱은 이렇게 종종 집에서 편지를 써 온다. 왜 편지 형식인지는 잘 모르겠지만, 굉장한 노력파다. 노력…… 맞나?

"갑작스럽지만, 질문입니다. 퀸텟 여러분은 아이돌에 관심 있으신가요? 만약 퀸텟 멤버로 아이돌 그룹을 결성한다면 자신은 어떤 포지션이라고 생각하세요? 이유가 있다면 그것도 얘기해 주시면 기쁘겠습니다."

"오늘은 아이돌이 주제야? 카호 짱."

아지사이 양이 묻자 카호 짱은 "응" 하고 고개를 끄덕인 뒤, 편지로 시선을 떨어트렸다.

"그리고 자신의 이미지 컬러는 뭐라고 생각하세요? 어떤 노래를 부르고 싶으신가요? 어떤 콜 앤드 리스폰스를 하고 싶으신가요? 목욕할 때는 어디부터 씻으세요? 저축은 얼마 정도 있으신가요? 솔직히 물어보는데, 남친 있어요?"

"많아 많아 너무 많아."

"뒤쪽 질문은 아이돌이랑 상관없는 질문이네."

나와 사츠키 양이 교대로 태클을 걸었다.

"저축이라, 얼마 정도 있었더라."

"대답 안 해도 돼."

마이가 스마트폰을 꺼내자, 사츠키 양이 제지했다. 나는 살짝 관심 있어!

"자, 그런고로."

편지를 탁 접는 카호 짱. 두 손을 모으고서 꿈을 꾸는 것처럼 허공을 보았다.

"역시 부동의 센터는 마이마이겠지! 댄스도 엄청 멋질 것 같아!"

"질문 아니었어?!"

"그냥 자기 맘대로네."

깜짝 놀라는 아지사이 양. 사츠키 양이 한숨을 쉬었다. 점심시간은 카호 짱의 독무대였어?

시끌벅적한 점심시간. 퀸텟의 화려한 이야기꽃에 나도 안개꽃을 곁들어 보았다.

"그러고 보니 오우스카 양은 기타도 칠 줄 알지. 혹시 다른 악기도 다룰 수 있어?"

"맞아. 그렇다곤 해도 남들한테 들려줄 수 있을 만한 악기는 피아노 정도려나."

"마이마이의 피아노……. 그야말로 『미』의 극치잖아……."

카호 짱이 감격에 겨운 것처럼 중얼거렸다. 동감이야…… 잘 어울려…….

"아이돌이라."

"아 짱은 잘 알아? 아이돌."

"으으응, 전혀 몰라. 교육 방송에 나오는 애들 정도뿐이야, 아는 아이돌은."

동생의 영향이구나.

"그럼, 사 짱은."

"살면서 아이돌에 관심을 가져본 적은 한 번도 없네."

"라고 했지만 사─실─은─?"

"살면서 아이돌에 관심을 가져본 적은 한 번도 없네."

토씨 하나 틀리지 않고 똑같은 대사를 되풀이하는 사츠키 양. NPC잖아.

"마이마이는 일로 얽힌 적이 꽤 많을 것 같아."

"응, 그렇지. 추천받아서 아이돌 곡을 듣기도 해. 분야는 다르지만, 어떤 아이든 다들 노력을 아끼지 않아. 일에 임하는 자세도 본받을 만한 점이 있어."

"너무 동종 업계 종사자로서의 발언이잖아."

카호 짱의 태클에 나도 고개를 끄덕였다. 그래도 뭐, 모델도 아이돌도, 예능 방송에 자주 나오는 건 똑같으니까……?

"레나찡은?"

"어? 나, 나?"

순서상 질문을 받게 될 게 당연했는데도 대답을 미리 준비해 두지 않았던 나는 꼴사납게 되물었다. 네, 대답이 느리군요─! 자, 실격─! 뿌뿌─! 같은 말은 하지 않고서, 카호 짱은 "응" 하고 대답을 기다려 주었다. 착해…… 좋아해…….

"으음— 뭐, 콕 집어서 누군가를 엄청 깊게 파지는 않지만……
좋아, 하려나."
"헤에—, 그렇구나. 어떤 점이 좋아?"
"그야 다들 귀여우니까."
선뜻 대답한 다음 깨달았다.
왠지…… 모두의 시선이 나에게 모여 있다는 걸…….
마이는『이것 참』이라는 느낌이다. 아지사이 양은『흐응—』이라
는 느낌이었고, 사츠키 양은『또 저러는구나……』라는 표정. 카호
짱은 왠지 히죽히죽 웃고 있었다.
엥? 뭐, 뭔데?!
"귀여워서 좋아하는구나, 아이돌."
"으, 응……. 그게 그 아이들의 일이니까……."
탐색하듯 조심스레 대답하자 카호 짱이 입가에 손을 대면서 웃
었다.
"레나찡은 정—말로 귀여운 여자애를 좋아한다냥~."
내 뺨이 뜨거워졌다.
"아, 아냐! 그런 뜻으로 한 말이 아닌데?!"
"호오—?"
"아니, 귀여운 애는 좋아하지만! 그래도 절대 눈이 확 뒤집힌다
거나 그런 뜻이 아니고! 적당한 수준이거든?! 적당히! 딱 알맞게
좋아해! 마가린 토스트 정도로!"
"숨까지 헐떡이면서 외칠 일이야?"
사츠키 양의 지극히 냉정한 지적에 나는 숨을 가다듬었다.

"그, 그런 거니까요……."

"그런데 카호 짱은 아이돌에 대해 잘 알아?"

"음~. 보통."

아지사이 양의 물음에 카호 짱은 엄지와 검지로 조그마한 틈을 만들었다.

"그냥 노래하는 마이마이가 보고 싶어서 그만. 아, 그래도 사 짱도 노래해 줬으면 좋겠어!"

"얼마 낼 건데?"

바로 보수를 묻는 사츠키 양. 카호 짱은 턱에 손을 대고서 진지한 표정으로.

"음…… 시간당 1000엔 정도는……."

참 현실적인 금액이었다. 사츠키 양도 살짝 마음이 동한 것처럼 "1000엔이라……" 하고 중얼거렸다.

"1000엔으로 사츠키 양의 노래를 한 시간이나 들을 수 있다면 나도 참가하고 싶어."

"아, 그럼 나도나도."

아지사이 양까지 거들었다. 카호 짱은 뭔가 번뜩였는지.

"헉…… 뭔가 돈 냄새가 나……!"

"안 할 건데."

"왜?! 2000명만 모으면 시간당 200만 엔인데?!"

손가락으로 주판알을 튕기는 시늉을 하는 카호 짱.

"프릴이 주렁주렁 달린 스커트를 입고서 신나게 아이돌 팝을 부르는 사 짱이라면 2000명 정도는 가뿐해……!"

"그렇게 쉽지는 않을 것 같은데. 애초에 유행하는 노래 같은 것도 잘 모르니까."

"그럼 아 짱도 추가하면?!"

화살이 돌아온 아지사이 양이 손을 내저었다.

"어어? 아하하, 내 노래를 한 시간에 1000엔이나 내고서 듣고 싶어 할 사람은 어디에도 없는걸—."

"아니 틀림없이 있을걸. 그치? 레나찡."

"무조건 틀림없지."

"뭐어—? 그러면 나는 레나 짱이랑 카호 짱 노래도 들어보고 싶네."

"끄으응……. 그건…… 그래도 200만 엔을 위해서라면……!"

주먹을 쥐는 카호 짱. 카호 짱은 목소리도 예쁘니 노래도 잘 부를 것 같아.

"그럼 저는 곡이 끝났을 때 박수를 치는 역할을 할게요……."

"그건 관객석에 앉아 있는 사람들의 역할 아닐까?!"

으, 아지사이 양의 손에 다시 양지로 끌려 나왔다…….

노래라니, 하나도 자신 없는데……!

"좋아!"

카호 짱이 힘주어 고개를 끄덕였다.

"쿨 뷰티인 사 짱에 정통파 미소녀인 아 짱, 미숙한 느낌이 풋풋해서 응원해 주고 싶어지는 레나찡, 거기에 내가 판을 잘 조율하고…… 마지막으로 슈퍼달링 마이마이가 더해지면! 가능해, 2000명!"

“어쩐지 아이돌 같은걸.”

“확실히!!!”

마이의 감상을 듣고, 맹점이었다는 듯 카호 짱이 가슴을 부여잡으며 힘껏 동의를 표했다.

잠깐의 정적.

카호 짱이 친구들을 향해 조심스레 물었다. 그 눈에는 화폐 마크가 선명하게 떠올라 있었다.

“……다들, 퀸텟으로 아이돌 하지 않을래?!”

모두가 한목소리로 대답했다.

『안 해.』

“그러면 아 짱은?!”

“나, 나도 안 할 것 같아…….”

점심시간, 카호 쌍이 주머니에서 편지 한 통을 꺼냈다. 퀸텟 친구들 다섯 명이 함께 교실에서 점심을 먹고 있을 때였다.

"처음 뵙겠습니다, 퀸텟 여러분. 항상 신세 지고 있습니다."

마치 누군가한테 전달받은 편지를 읽는 것처럼 서두를 떼지만, 이건 카호 쌍이 자기가 쓴 걸 그럴듯하게 연기하며 읽는 것뿐이다. 카호 쌍은 가끔 이런 이벤트를 벌인다. 화제를 꺼내는 독특한 방법이었다.

"카호 쌍은 편지를 부지런히 쓰는구나."

아지사이 양이 포근하게 미소 지었다. 이걸 부지런히 편지를 쓴다고 할 수 있나……. 나는 의문을 느꼈다.

"갑작스럽지만, 질문입니다. 퀸텟 여러분은 만약 100만 엔을 받고서 오늘 안에 전부 다 써야 한다면 뭘 사고 싶으세요? 저축 빼고, 여러분이 갖고 싶은 걸 꼭 가르쳐 주세요."

편지를 다 읽기도 전에 "저축"이라고 말하려 했던 사츠키 양이 표정을 와락 찌푸렸다. 무서워.

"꼭 가르쳐 주세요. 제발 가르쳐 주세요. 저는 미소녀 집단 퀸텟이 욕망으로 철철 흐르는 대화를 나누는 모습을 보고 싶어요. 결국은 똑같은 인간이라는 사실을 제게 가르쳐 주세요."

"이유가 귀엽지 않잖아!"

"마음에 어둠을 품고 있는 아이네."

나와 사츠키 양이 교대로 태클을 걸었다.

"100만 엔을 다 써야 한다? 아주 사치스러운 이야긴걸."

마이가 미소를 지으며 말했다. 하지만 마이가 말하는 100만 엔의 사치란 우리로 치면 하굣길에 파르페를 사 먹는 수준의 감각 아닐까⋯⋯.

"자, 그런고로."

편지를 탁 접는 카호 짱.

"돈이 있다면 좋겠으니까, 하다못해 모두가 어떻게 돈을 쓸지 들으면서 즐거운 기분이라도 내 볼까 싶었습니다! 갖고 싶어! 너무 갖고 싶어! 돈은 많으면 많을수록 좋아!"

"절실한 목소리⋯⋯."

"최소한 한 명은 욕망에 찌든 모습을 보여줬네."

카호 짱은 오늘도 즐거워 보였다.

카호 짱이 나눠주는 즐거움을 받기만 하는 건 미안해서 어떻게 든 나도 화제를 이어가려고 시도해 봤다.

"카호 짱은 100만 엔이 있으면 어디에 쓸 거야?"

"나는 말이지―! 물론 애니――."

벌떡 일어나 가슴에 손을 얹고 뭔가를 말하려던 카호 짱이 그 대로 다시 털썩 앉았다. 그리고선 헛기침.

"애니멀 테라피를 하고 싶어. 커다란 개를 백 마리 정도 빌려서, 그 개들의 융단에 파묻혀 보고 싶어. 소박한 꿈이지."

"와― 귀여워―."

아지사이 양이 몹시 기뻐하며 양손을 모았지만, 지금 분명『애니메이션』이라고 말하려고 했었지. 애니메이션 굿즈나, 애니메이션 블루레이나, 애니메이션 코스프레를 제작할 재료나.

카호 짱은 학교에선 오타쿠 취미를 숨기고 있다. 어차피 들킨다 해도 카호 짱이라면 매력 포인트가 하나 더 늘어날 뿐일 텐데…….

"그렇게 말하는 아 짱은?"

"다 써야 하는 거지……. 음— 새로운 프라이팬, 식칼, 푸드 프로세서, 아, 꼬맹이들 신발도 새로 사줘야겠네. 참, 금방 너덜너덜해진다니깐."

"자기 것도 좀 사!"

카호 짱이 호소했다. 가장 먼저 가족들 물건부터 마련하겠다는 아지사이 양의 말을 듣는다면, 마음에 어둠을 품은 편지의 주인도 마음이 정화되지 않을까.

"큭, 아 짱한테 물어본 게 실수였어. 이럴 땐 역시 사 짱밖에 없지."

"무슨 의미야?"

눈초리가 사나워지는 사츠키 양.

"뭐, 그러네. 책이라도 사려나."

"고급 브랜드 지갑이나 가방이 아니고?!"

"사츠키 양이 고급 브랜드를 갖고 싶어 하는 모습은 상상이 안 가지……."

놀라는 카호 짱을 향해 내가 한마디 보탰다. 그런 다음 사츠키 양을 보며.

"하지만 책을 100만 엔어치나 사면 그 집이 꽉 차지 않을까."

“그럼 전자책이려나. 100만 엔이면 700엔짜리 책을 1428권 살 수 있으니까.”

“평생이 걸려도 다 못 읽을 것 같아…….”

하고 문득 깨닫고 보니 아지사이 양이 나를 물끄러미 바라보고 있었다. 어?

“아, 그렇구나. 레나 짱은 사츠키 짱네 집에 놀러 간 적이 있었지.”

“어, 어어, 뭐…….”

같이 한 욕조에도 들어갔었고 말이죠. 하하하. 아니, 물론 거기까지 말하는 건 위험할 것 같다고 판단할 만한 정신머리는 있어요!

“그, 그러면 나는, 그러네―! 100만 엔이라! 어디에 써 볼까―! 그러네―! 케이크를 잔뜩 사 볼까나! 아하하!”

나는 『욕망』을 숨기고서, 인싸가 할 법한 말을 꺼내 보았다. 말하려나? 인싸가 이런 소릴. 모르겠어. 나도 인싸일 텐데 말이지. 이상하네.

“정말로?”

어?!

카호 짱이 추궁했다. 그 커다란 눈동자가 나를 들여다보았다.

“그게 정말로 레나찡의 『욕망』이야? 그런 걸로 레나찡은 만족해? 케이크가 진심에서 우러나온 소망? 아니겠지……. 그런 걸로 레나찡의 마음은 『해방』되지 않잖아……?”

“저, 저기, 저기 그게…….”

“자, 솔직한 마음을 말해 봐……. 레나찡은 뭘 하고 싶어……?

다 알아, 100만 엔이 있으면 뭐든 할 수 있잖아……?"

아, 아, 아……. 내 시야가 흐려진다.

백만 엔이 있으면……. PS5도 갖고 싶고, 최강의 게이밍 PC도 갖고 싶고, 게임도 잔뜩 사고 싶어……. 배 터지도록 포테이토 칩을 먹고 싶고, 푸딩도, 아이스크림도 좋아……. 앗, 좋은 헤드폰도 갖고 싶네……. 모바일 게임에 과금해서 가챠도 마구마구 돌리고 싶어……. 100만 엔으론 부족해…….

"아, 그렇지."

그때 마이가 손뼉을 탁 쳤다.

"생각하고 있었어. 100만 엔이 있다면 뭘 해볼지. 하룻밤 안에 다 써야 한다면 100만 엔짜리 스위트룸에 우리 다 함께 숙박하자."

"엇, 마, 마이마이?!♥"

방금까지 내게 요사스럽게 속삭이던 카호 짱이 눈 깜짝할 사이에 설렘 가득한 소녀 같은 표정을 지었다.

"나도 그런 스위트룸에 묵어 본 적은 없거든. 그런데 좋은 기회니까. 다들 어때?"

"와아, 근사해."

"……뭐, 그런 거라면 괜찮지 않겠어?"

아지사이 양이 기뻐하며 웃고, 사츠키 양도 마지못한 기색으로 끄덕였다.

마이의 손가락이 나를 가리켰다.

"물론 레나코도 함께야."

사리사욕과는 거리가 먼 마이의 고귀한 미소에 나는, 나는——.

윽. 나는 내 생각만 하고 있었어! 스스로가 부끄러워! 그렇지, 나 같은 게 100만 엔을 받으면 여기 있는 친구들에게 25만 엔씩 당연히 나눠 줘야지! 왜냐면 나는 이 친구들 덕분에 오늘도 살아갈 수 있는 거니까!

"미안, 오우즈카 양……. 내가 틀렸었어……! 나도 100만 엔 낼게! 같이 호텔에 묵자!"

"어라? 그래? 후후후, 그거 좋은걸. 아주 기대돼. 그럼 지금 바로——."

그렇게 말하며 마이가 스마트폰을 꺼냈다. 그리고선 어디론가 전화를 걸려고…… 응?

"저기, 오우즈카 양?"

"응? 아아, 아무래도 인기 있는 호텔이니까 말이지. 말이 나왔을 때 바로 예약을 잡지 않으면 언제 묵을 수 있을지 기약이 없을 것 같아서."

나는 오우즈카 마이의 손에서 스마트폰을 빼앗으려 손을 뻗었다.

"이건 어디까지나 만약의 얘기거든?!?!?!"

내가 100만 엔을 갖고 있을 리가 없잖아! 바보! 바보! 오우즈카 마이!

점심시간, 카호 짱이 주머니에서 편지 한 통을 꺼냈다. 퀸텟 친구들 다섯 명이 함께 교실에서 점심을 먹고 있을 때였다.

"처음 뵙겠습니다, 퀸텟 여러분. 항상 신세 지고 있습니다."

카호 짱이 머리카락을 귀 뒤로 쓸어 넘기면서 우아한 미소와 함께 편지를 읽어 내렸다.

퀸텟에게 온 편지처럼 보여도, 이건 언제나 카호 짱이 집에서 직접 써 오는 거다. 그저 이야깃거리를 제공하겠다는 이유로 왜 그렇게까지 하는 건지는 잘 모르겠지만, 카호 짱은 어쩌면 라디오 방송을 좋아하는 걸지도 모르겠다.

"항상 있는 카호의 이벤트구나."

마이가 즐겁게 웃었다.

"여러분에게 한 가지 질문이 있습니다. 최근에 사보니 편리했던 가전제품은 뭔가요?"

가전제품 얘기……! 게다가 이거 모두한테 묻는 말이잖아. 나도 뭔가 대답을 생각해 놔야 해!

"우리가 평소 당연한 것처럼 사용하는 가전제품에게 이 기회에 감사의 마음을 전해 보는 건 어떨까요…… 라고 하네요. 우후훗."

입가에 손을 대고서 기품있게 웃는 카호 짱. 누구 코스프레인지는 모르겠지만 귀여웠다.

말이 끝나자마자 사츠키 양이 내키지 않아 하는 표정을 지었다.

"왜 가전제품에 고마워해야 하는 거야. 그건 인간한테 도움이 되기 위해서 만들어진 거라고."

듣고 보니 그러네. 나는 사츠키 양의 의견에 고개를 끄덕였다.

"오히려 가전제품이 우리한테 고마워해 줬으면 하네요."

"이번에는 아주 위선으로 가득 찬 편지를 투고했는걸, 카호."

"말이 너무 심하잖아, 사츠키 양!"

그랬을 때 쭈뼛쭈뼛 손을 드는 사람이 있었다. 아지사이 양이었다.

"저기…… 언제나 카호 짱이 편지를 써와 주니까…… 이번에는 내가 써봤어……."

"뭐?!"

그랬구나…… 그래서 카호 짱이 아까부터 저렇게 다소곳한 표정을 지었던 거야…….

그것도 모르고 아지사이 양에게 상처를 주고 말았어……. 어쩌지…….

무릎 꿇고 사과할 일이야…….

사츠키 양은 따스한 미소를 지었다.

"그래. 세나가 쓴 편지라면 진지하게 생각해 볼까."

나왔다—! 아지사이 양에게 한없이 무른 사츠키 양의 태세 전환—!

"위선이 뭐 어쨌다고~?"

카호 짱의 소악마 스마일에 사츠키 양은 태연하게 대답했다.

"말의 가치는 무슨 말을 했느냐가 아닌, 누가 말했느냐에 따라 결정되는 거야. 언제나 품성도 행실도 바른 세나가 하는 말이니 그건 위선이 아닌 선이야."

"무적의 논리야—!"

소리치는 카호 짱. 사츠키 양이 "그건 그렇고 너, 나를 모함하려고 한 거지?"라며 카호 짱의 뺨을 잡아당겼다.

두 사람이 아옹다옹하는 동안, 나는 (내 죄책감을 덜기 위해서) 아지사이 양에게 사과했다.

"저, 저기……. 일단 미안해, 아지사이 양."

"어? 아냐, 괜찮아. 오히려 놀라게 만들어서 미안해."

아지사이 양은 멋쩍은 표정으로 미소 지었다. 이것이 진정한 청초함……!

마이가 입을 열었다.

"그나저나 가전제품이라. 최근에 새로 산 건 그거지. 공기청정기."

"아, 그거 좋지~."

손뼉을 치는 아지사이 양. 귀여워.

"가습과 제습 기능이 있고, 병원에서도 사용하는 업무용 제품이거든. 내 건강 관리에 한몫 거들어 주고 있는 존재야. 마음에 들어서 여러 대를 사서 각 방에 배치해 뒀어."

"건조하면 바로 목이 아파지는걸."

아지사이 양은 싱글벙글 고개를 끄덕였다.

혹시 아지사이 양은 가전제품을 좋아하나……? 왠지 가전제품한테도 『항상 고마워』라고 감사의 말을 전할 것 같은 이미지가 있다.

좋겠다, 정성스레 관리해 줄 것 같아. 나도 만약 가전제품이라면 꼭 아지사이 양네 집에 취직하고 싶어…….

사츠키 양이 말을 이었다.

"그럼 나는 독서등일까. 충전식으로 샀어. 휴대할 수 있어서 잘 쓰고 있어."

"아— 좋겠다. 충전식이 좋지. 학교 가 있는 동안 충전하면 되니까."

친구들의 가전제품 얘기를 즐겁게 듣는 아지사이 양. 너무 귀엽다. 너무 귀여워서 무슨무슨 죄로 고소당하는 거 아냐? 괜찮아?

"그러는 세나는?"

"아, 우리 집은 새로운 푸드 프로세서를 샀어. 이게 정말 굉장해. 교체 가능한 부속품도 가득 들어 있고, 파워도 엄청나거든."

"헤에, 어디 메이커?"

우리 그룹 내에서 평소 자주 요리를 하는 두 사람이 푸드 프로세서 얘기로 이야기꽃을 피웠다. 나로선 전혀 알아들을 수 없는 얘기였지만, 듣고만 있어도 왠지 여자력이 상승하는 느낌이다.

"카호 짱은 어때?"

"나는 무조건 PC! 최근에 산 건 아니지만 제일 혹사시키고 있으니까. 이럴 때 고마움을 전해야겠다냥."

뭣이……. 나도 감사의 마음을 전한다면 컴퓨터라고 생각했는데 카호 짱이 선수를 쳐버렸어……!

"그렇구나~. 평소에는 뭐 할 때 쓰는데?"

질문을 들은 카호 짱이 곧바로 입을 다물었다.

동영상을 보거나, 영상 편집을 하거나, ASMR을 만들거나…….
그런 작업들을 카호 짱은 과연 아지사이 양에게 솔직히 말할 수
있을까……?

정답은 바로, 못 합니다!

"그 대답은 다음에 단둘이 있을 때…… 알겠지?"

의미심장하게 윙크하는 카호 짱. 우왓, 사람을 두근거리게 만
드는 대사……!

그런데 아지사이 양은 "후후후" 하고 미소 지으며 가볍게 받았
다. 어, 어라? 왠지 두 사람의 대화만 따로 놓고 보면 평범한 친
구 사이 같네……. 이상하다.

마지막으로 네 사람의 시선이 나에게 집중되었다.

"레나 짱은 어때? 최근에 산 가전제품이 있어?"

기대감 어린 목소리로 묻는 아지사이 양에게 나는.

"어어, 그게!"

실수했다! 이럴 땐 다른 사람이 대답하는 동안 내가 할 대답을
준비했어야 하는데! 나는 친구들의 대화를 듣기만 했어! 나는 항
상 이 모양이야! 동시에 두 가지 일을 할 줄을 몰라!

큭…… 컴퓨터가 봉인당하면 그다음은 게임기밖에 없어! 그것
말고 다른 가전제품은 모른다고!

우리 집에는 전기가 안 들어온다고 할까……? 그런 대답으로
친구들을 만족시킬 수 있을 만한 유머 실력이 내게는 없어!

무방비 상태였던 나에게, 번뜩 떠오른 게 있었다. 맞아, 여동생
이 최근에——!

“드, 드라이어기일까!”

“드라이어기?”

“맞아! 뭔가 모발 손상을 줄여주는 효과가 있대. 게다가 핑크색이고 디자인이 귀여워서.”

나는 여동생이 산 드라이어기에 대해 떠들었다. 마치 내가 산 것처럼.

그래서 얼마였는지, 어디 회사 제품인지도 모른다. 왜 내가 이런 허술한 거짓말을 하고 있는지도 알 수 없었다.

그러자 아지사이 양이 양손을 모으면서 깜짝 놀랄 만한 말을 꺼냈다.

“아, 그러고 보니 레나 짱네 동생도 새로운 드라이어기를 샀다고 그랬지—.”

“뭐?!”

“아아, 나한테도 기쁜 기색으로 사진을 보냈었어.”

으윽?!

그건 내가 언급했던 디자인이 귀여운 핑크색 드라이어가 틀림없었다. 사교성 좋은 여동생 녀석! 왜 남들한테 얘기한 거야!

조마조마하고 있었더니 아지사이 양이 쿡쿡 웃으며 말했다.

“자매가 같은 색 드라이어기를 사다니, 사이가 좋구나.”

“그⋯⋯⋯⋯ 그러게요!”

그냥 그런 걸로 하고 말았다. 됐어, 진실이 어떻든, 이 화제를 꺼낸 아지사이 양이 즐거워 보이니까.

일단⋯⋯ 집에 가면 드라이어 씨에게 감사 인사를 하자. 하루나 건데 멋대로 얘깃거리로 삼았어, 고마워…….

　굳이 말하자면 감사가 아니라 사과가 필요할지도 몰라…… 가전제품 이야기로 신나게 이야기를 나누는 네 사람을 바라보며, 나는 그런 생각을 했다.

점심시간에 있었던 일이다.

"그러고 보니 나도 편지를 써 왔어."

퀸텟 친구들 다섯 명이 모여 함께 점심을 먹고 있는데 마이가 불쑥 그런 말을 꺼냈다.

"뭣이라—?!"

카호 짱이 호들갑스럽게 놀라움을 드러냈다.

"후후. 항상 카호가 하는 걸 보니 재밌어 보이는걸, 싶었거든."

"좋아…… 아주 좋아, 마이마이! 나랑 마이마이가 함께 모두에게 질문 공세를 펼치자!"

응응, 하고 둘이 마주 고개를 끄덕인다. 이제부터 우리는 질문 공세를 당하게 될 모양이다.

"마이의 편지라니…… 어차피 제대로 된 질문은 아닐 거잖아."

사츠키 양이 차가운 시선으로 중얼거렸다. 옆에 앉아 있던 아지사이 양이 아하하, 웃었다.

"그런데 마이 짱은 편지를 참 잘 쓸 것 같아. 글씨도 예쁘고."

"후후. 그럼 읽어보겠어."

마이는 주머니에서 꺼낸 편지를 펼치고, 입을 열었다.

"Salut, mes chers amis, Aujourd'hui, j'ai une question à vous poser."

내가 손을 들었다.

“모르겠어! 모르겠어 모르겠어!”

쯧, 하고 사츠키 양이 혀를 차더니 갑자기 뭔가 수첩을 꺼냈다.

“이번엔 이런 패턴이었나…….”

어? 뭔데? 사츠키 양은 마이의 패턴을 전부 파악하려고 메모하는 거야……? 그게 더 무서운데…….

일단 주변을 둘러봐도 지금 말한 알파벳의 나열을 알아들은 사람은 없는 것 같았다. 안심했다. 카호 짱이 아무렇지도 않은 표정으로 같은 언어를 구사하며 대답했다면 『카호 짱?!』하고 기겁할 참이었다.

“미안미안, 다시 할게.”

마이는 『후훗, 깜짝 놀랐지♪』라고 말하는 것처럼 희희낙락한 얼굴로 편지를 읽었다. 아니 뭐, 이런 점은 귀엽긴 하지만…… 마이도…….

“그런고로 여러분에게 질문입니다. 좋아하는 음식은 뭔가요?”

“질문이 초등학생 수준이야!”

마이의 입에서 저런 질문이 나오니 갭이 엄청나서, 오히려 재밌었다.

“참고로 나는 블랑케트 드 보(Blanquette de veau)려나.”

모르는 단어가 나왔다.

아아, 하고 아지사이 양이 손뼉을 쳤다.

“프랑스 가정 요리였지.”

“그래, 맞아. 간단히 말하면 송아지 고기를 사용한 크림 스튜지.”

헤에―. 처음 들었다.

……어라? 혹시 마이네 집에서 먹었던 요리가 그거였나?

마이라면 더 비싼 요리를 얼마든지 먹을 수 있을 테니까, 캐비아나 푸아그라 같은 걸 말할 줄 알았는데. 크림 스튜를 좋아한다니, 의외로 귀여운 면이 있잖아.

이어서 카호 짱이 손을 들었다.

"네네―. 나는 초콜릿이랑, 초코칩 쿠키랑, 솜사탕이랑, 찹쌀떡이랑."

"전부 달콤한 과자뿐이야!"

듣고 보니 카호 짱은 언제나 과자를 먹고 있는 듯한 이미지가 있어.

"세 끼를 잘 챙겨 먹지 않으면 영양 균형이……."

아니나 다를까, 아지사이 양이 걱정 섞인 얼굴로 카호 짱을 바라보았다. 카호 짱은 "아하하" 하고 웃었다.

"괜찮아, 괜찮아. 에너지 드링크도 마시고 있으니까."

"몸에 더 안 좋을 것 같아……!"

살짝 걱정되기 시작했을 때쯤, 이번엔 사츠키 양.

"내가 좋아하는 음식은 두부일까."

두부……. 좋아하는 음식으로 두부를 꼽는 16살이 있어……?

카호 짱이 사츠키 양을 손가락질하면서 웃었다.

"두부래!"

"……."

사츠키 양이 카호 짱의 머리에 찰싹찰싹 춉을 먹였다.

그런데 아지사이 양이 격한 공감을 드러냈다.

"좋지, 두부! 어떤 요리에 써도 잘 어울려서 나도 좋아해!"

"어, 어응. 그러네, 세나."

몸을 내밀며 말하는 아지사이 양에게 드물게도 사츠키 양이 밀리고 있었다.

아지사이 양, 어쩌면 요리 얘기가 나오면 살짝 과격해지는 걸지도 모르겠다. 그런 아지사이 양도 귀엽지.

"레나코는?"

"나는……."

머릿속에 생각나는 음식들을 차례로 떠올렸다. 피자. 감자튀김. 포테이토 칩. 햄버거. 햄버그. 치즈. 카레. 고기. 불고기…….

뭔가 엄청 평범해…….

아냐, 괜찮잖아. 나는 평범해지고 싶었어. 평범하다는 건 평균적이라는 뜻. 즉, 공감을 얻을 확률이 가장 높다는 뜻이야. 용기를 내서 말하자.

"나는 음―."

입을 연 순간 친구들의 눈길이 나를 향한다. 윽.

시선을 피했다.

"카, 칼로리메이트 같은……."

"레나찡도~?"

"마, 맞아! 그런 것 같아!"

안 되겠어! 말 못 하겠어.

평범한 걸 평범하게 말하는 건 어렵다고……. 그치만『아 그래, 흐응―?』같은 분위기가 될 것 같잖아……?! 우와, 이 녀석 재미

없어…… 라는 인상을 주고 싶지 않아……. 어차피 이미 그렇게 생각하고 있겠지만! 으으.

내가 오늘의 이불속 반성회에 올릴 안건을 머릿속에 쟁여두고 있었더니, 다른 친구들의 시선이 아지사이 양에게 모였다.

"아지사이가 좋아하는 음식은 뭐야?"

"세나는 레퍼토리가 다양할 테니까, 고르는 것도 힘들겠네."

"그래도 디저트는 여자라면 누구나 좋아하잖아—? 그치?"

아지사이 양은 입가에 손을 대고서 잠시 머뭇거리는 기색.

……뭘까?

"내, 내가 좋아하는 음식은……."

한 박자 뜸을 들인 뒤, 말했다.

"흰 쌀밥…… 일까……."

쌀밥!

확실히 맛있긴 하지. 그런데 왠지 모르게 밥그릇에 산더미처럼 밥을 담고서, 싱글벙글 웃으며 맛있게 밥을 먹는 아지사이 양의 모습이 머릿속에 그려졌다.

"앗—, 레나 짱! 지금 내가 먹보라고 생각했지!"

"어?!"

날 콕 집어서?! 게다가 마음속을 읽혔어?! 그건 사츠키 양의 특기 아니었어?!

"아, 아니, 그렇지 않아! 귀엽다고 생각했어!"

"그치만 맛있는걸! 흰 쌀밥!"

"맞아! 맛있지! 나는 고기를 구울 때도 밥을 꼭 주문하는 사람이야! 나는 좋아!”

온 힘을 다해 맞장구쳤다.

으으, 하고 아지사이 양이 어째선지 머리를 감싸 쥐고 있었다. 아지사이 양은 먹보라도 몹시 귀엽다고 생각하는데…… 어째서……?

“역시 케이크라고 말할 걸 그랬어~.”

얼굴이 빨개진 아지사이 양이 중얼거린 말에 마이는 쓴웃음을 지었고, 사츠키 양은 작게 한숨을 쉬었다.

어, 음…….

카호 쨩은 나와 아지사이 양을 번갈아 바라보면서 어쩔 수 없다는 듯이 어깨를 으쓱했다.

“먹보라는 인상을 주고 싶지 않다니…… 아 쨩은 소녀다냥…….”

뭔데?! 나랑 뭔가 관계가 있는 거야?!

다른 애들은 다 무슨 말인지 아는 모양이다. 나만 아무것도 깨닫지 못한 채, 속으로 외쳤다.

뭐가—?!

점심시간에 있었던 일.

"아…….""

퀸텟 친구들이 자리에 모여 점심을 먹고 있었을 때, 한발 먼저 식사를 마친 카호 짱이 책상 위에 널브러지듯 엎드렸다. 눈이 멍한 게 피곤한 기색이었다.

"무슨 일 있었어?"

아지사이 양이 묻자 텐션이 저조한 카호 짱은 그 자세 그대로 신음했다.

"나른해……. 이유도 없이 그냥 나른해."

그 기분은 정말 공감되지만, 카호 짱도 그럴 때가 있구나…….
카호 짱은 365일 내내 이유 없이 즐거운 줄 알았다.

"보나 마나 밤샘이라도 했겠지."

사츠키 양이 관심 없다는 듯이 도시락을 뒤적였다.

"으어어—."

사츠키 양의 냉담한 대꾸에, 카호 짱은 주머니에서 한 장의 접힌 종이를 꺼냈다.

"어…… 삼가, 퀸텟 여러분께. 중략."

"그런 상태에서도 편지를 써 온 거야?!"

이건 카호 짱이 매번 점심시간마다 퀸텟 친구들에게 화젯거리를 제공하기 위해 자기가 직접 써 오는 질문 편지다.

지금까지『좋아하는 가전제품은?』이나『만약 100만 엔을 받으면 어디에 쓸 거야?』등등, 정석적인 질문을 준비해서 우리의 점심시간을 카호 짱의 색으로 꾸며주었다.

하지만 오늘의 카호 짱은 보다시피 이런 상태다. 대체 어떤 질문을……. 하고 가슴 졸이며 기다리고 있었더니.

"자, 그런고로 뭔가 재미있는 얘기를 해주세요. 이상."

"완전 대충!"

인싸의 나쁜 버릇이 나타났구나.

그렇다, 억지스러운 요구라는 문화다.

얘기가 재미있으면 그걸로 오케이. 설령 썰렁한 얘기였다고 해도 그 썰렁함마저 웃음으로 승화시키는 빈틈없는 2단 자세로 이루어져 있지만……. 그 상황에서는 웃고 넘어갈지 몰라도, 얘기하는 사람이 받게 될 정신적인 데미지까진 고려하지 않는단 말이지…….

그때 그렇게 말할 걸 그랬다며 이불속에서 몇 시간이나 끙끙 앓게 될까……. 나는 절대 안 할 거야.

그런데 바로 손을 든 사람이 있었다. 마이였다.

"어쩔 수 없지. 카호에게 기운을 불어넣어 주기 위해서라도 내가 먼저 나서볼까."

"마이 짱, 자신 있어 보여……!"

"후후후."

역시 마이다운 배짱이다. 사람들을 즐겁게 해주는 걸 몹시 좋아하는 공주님이 미소를 지었다.

“Une maîtresse de maison interpelle la petite bonne. La maîtresse : Marie! Vous venez encore de casser quelque chose?”

“모르겠어!”

“아차.”

줄줄 알파벳을 나열하는 마이에게 격한 태클을 걸자 마이가 겸연쩍게 웃었다.

“프랑스어 농담이었어. 일본어로 하면 뉘앙스를 제대로 전달 못 할 것 같았거든.”

이 녀석……. 『무슨 말을 하는지 하나도 모르겠어』라는 고도의 재미있는 얘기를……!

“재밌어 재밌어.”

짝짝 손뼉을 치는 카호 짱. 눈동자가 희미하게나마 빛을 되찾은 느낌이다.

카호 짱이 기운을 찾을 때까지 앞으로 한 걸음이다.

“그럼 다음은 사 짱.”

지명제……?! 지옥인가.

“안 할 거야.”

하지만 지옥의 간수의 호명마저 사츠키 양에겐 털끝만큼도 영향을 주지 못했다.

“재밌는 이야기! 재밌는 이야기!”

손뼉으로 장단까지 넣는다. 더더욱 최악이다.

“싫어. 재미있는 얘기를 원한다면 책을 읽도록 해.”

"마이마이는 했는데~?"

"저건 한 게 아니잖아."

"자, 자자. 카호 짱도 너무 억지로 강요하지 말고. 응?"

아지사이 양이 거들어 주었다. 착하기도 하지. 카호 짱도 바로 물러섰다.

"그렇구나─. 사 짱이 못 한다면야 어쩔 수 없다냥."

"딱히 못 한다고 말한 적은 없어."

응?

"괜찮아, 사 짱. 부끄럼쟁이인걸, 그치☆"

"함께 있는 사람들이 지루하지 않도록 즐겁게 해주는 것쯤은 언제든 할 수 있어. 상대가 너라서 내키지 않을 뿐이야."

그런 자부심이 있었구나, 사츠키 양……. 어머님의 가르침인 걸까…….

"응응, 그런 거지☆"

찡긋 윙크하는 카호 짱. 엄청 도발하고 있어……! 보고 있자니 조마조마해!

그 타이밍에 사츠키 양이 다 먹은 도시락 뚜껑을 덮었다.

"뭐, 안 할 거지만."

"결국 안 하는 거잖아!"

인내심이 바닥 난 카호 짱이 무심코 태클을 걸었다. 아무래도 사츠키 양이 한 수 위였던 모양이다. 휴.

"아, 그러면 있지."

아지사이 양이 조심스럽게 손을 들었다.

“평범한 얘기, 정말 평범한 얘기긴 하지만. 얼마 전에 꼬맹이들이랑 슈퍼에 장 보러 갔을 때 이야기인데.”

“응응.”

경쾌하게 맞장구를 치는 카호 짱을 보며, 이미 기운이 난 거 아냐? 라는 생각이 절로 들었다. 그래도 아지사이 양의 재미있는 이야기는 순수하게 듣고 싶었다.

“항상 과자는 한 사람당 한 개까지야, 라고 말하거든. 그랬더니, 그걸 뭐라고 부르지? 감자칩 과자가 종류별로 잔뜩 들어있는 버라이어티 팩 같은 걸 찾아내서는.”

“법의 허점!”

“포장되어 있으니까 한 개잖아, 라고 주장하는 꼬맹이와 여러 개가 잔뜩 들어있으니까 여러 개야, 라고 주장하는 내가 한참 실랑이를 벌였더니…….”

아지사이 양이 얼굴을 붉혔다.

“자주 보던 점원분이 옆을 지나가면서,『한 개라고 정하니까 싸우는 거야. 200엔 이내라고 정하면 되지 않겠어?』라고 조언해 주셔서……. 그럼 앞으로 그렇게 해볼까, 했더니 이번엔 둘이서 조그만 과자를 잔뜩 들고 오게 되더라고……. 결국엔 200엔 이내의 과자 한 개만, 이라는 규칙이 정해졌습니다.”

“응.”

잠시 기다렸다. 아지사이 양은 어깨를 움츠리면서.

“……저기, 끝이에요.”

응.

재밌냐고 물으면, 응, 뭐, 재, 재밌네?! 싶은 정도의 이야기였지만, 얘기를 한 사람이 아지사이 양이라서 그저 한없이 귀여웠다. 만족도로 말하자면 120점짜리 이야기였다.

아지사이 양이 아지사이 양의 목소리로 얘기한다는 시점에서 이미 120점이니까…….

"역시 갑자기 얘기해 보라고 하면 생각 안 난다구~!"

창피함을 이기지 못한 아지사이 양이 카호 짱의 어깨를 찰싹찰싹 때렸다. 앗, 한층 더 귀여운 행동이다! 카호 짱도 헤헤헤, 하고 웃고 있어. 2억 점!

"좋아, 그럼 대망의 마지막 타자…… 부탁드려 볼까요."

카호 짱이 내 쪽으로 시선을 돌리기 시작해서, 나도 슬슬 볼일을 떠올리기로 했다.

"자, 화장실 다녀와야지……."

"도망치시는 겁니까?! 레나찡!"

"네? 뭐가요? 저는 그냥 잠깐 자리를 비울 뿐인데요……."

"그보다, 그러면 카호. 네가 얘기해 봐."

"으잉?"

사츠키 양이 내 쪽을 향했던 지명을 가로챘다.

"너는 틀림없이 재미있는 얘기를 잔뜩 갖고 있는 거겠지. 그렇지?"

웃음을 짓는 사츠키 양. 그 말투는 어딘가 끈적거리는 울림을 품고 있었다.

"아뇨, 저기. 오늘은 제가 듣고 싶습니다, 라는 취지였는데요."

"자, 어서 얘기해 보라고. 포복절도 코미디언 코야나기 카호 씨."

이거 역시 방금 대화 때문에 화난 거잖아!

자꾸 사츠키 양을 도발하니까 그렇지!

"억지스러운 요구는 안 돼! 절대로!"

그 후에 벌어질 일도 지켜보고 싶은 마음은 굴뚝같았지만, 이미 화장실에 가겠다고 말을 꺼낸 상황, 자리에서 일어난 내 등 뒤로 카호 짱의 비명이 들렸다. 마이와 아지사이 양의 웃음소리도.

……응? 어라.

혹시 이건 결과적으로 카호 짱이 자기 한 몸 희생해서 점심시간을 즐겁게 보내려는 계획이었던 건가??

편지마저도 어디까지나 점심시간을 즐겁게 보내기 위한 도구에 불과했다니……. (내 몸의 안위만 생각하느라 바빴던 나는……) 다시 한번 인싸가 가진 커뮤니케이션 능력의 무서움을 깨닫게 되었다.

리듬 게임. 통칭 리듬겜.

흘러나오는 노트를 타이밍에 맞춰 눌러 콤보를 이어가는 게임을 말한다. 원래는 오락실에서 한 시대를 풍미했던 게임 장르지만, 요즘은 모바일로도 화려한 리듬 게임이 많이 출시되었다.

이날 나는 옥상에서 펜스에 기대어 스마트폰으로 리듬 게임을 즐기고 있었다.

"레나코, 그건?"

옆에 서서 금발을 바람에 나부끼고 있는 사람은 오우즈카 마이.

우리 두 사람의 관계를 표현하는 말은 무수히 많지만, 지금은 옥상 친구…… 라고 해두자.

"음— 리듬 게임. 최근에 서비스를 시작했거든."

"너는 볼 때마다 다른 게임을 하고 있네."

"찍먹만 하는 거라면 공짜니까—. 모바일 게임은 그다지 오래 못 붙잡고 있는데, 이번 건 꽤 재밌어."

스마트폰 게임을 하려고 굳이 옥상까지 오는 것도 좀 그렇지 않나 싶지만, 나는 평소엔 인싸인 척하면서 그에 따른 혜택을 마음껏 누리고 있다. 그런 만큼, 나 편할 때만 주변 목소리에 관심을 끊고서 혼자만의 시간을 가질 수는 없는 처지기도 하다.

그래서 옥상에 온 거다. 옥상은 언제나 나를 구원해 준다.

그렇긴 한데.

"MASTER 난이도 어려워!"

나는 하늘을 올려다보았다.

"억지로 어려운 곡을 플레이하지 않아도 자기한테 맞는 난이도를 즐기면 안 되는 건가?"

"클리어하면 돌을 얻을 수 있어. 가챠를 돌릴 수 있는 재화."

"그런 거군?"

마이는 감이 잘 안 오는 모양이다.

"나도 한번 해봐도 될까."

"어? 괜찮긴 한데, 마이는 리듬 게임 해본 적 있어?"

"방송 촬영 중에 오락실에서 큰 북을 두드려 본 적이 있어. 재밌었지."

"으, 응. 그것보다는 복잡할지도 몰라."

나는 롱 노트나 동시 터치 같은 시스템을 간단히 설명하고 마이한테 스마트폰을 건넸다.

하지만 초보자가 하루아침에 할 수 있는 게임이 아니다. 리듬 게임은 기본 형식이 존재하고, 거기에 맞춰 조금씩 익숙해지며 실력을 키워나가야 하는 게임이다. FPS와 마찬가지지. 내가 꾸준히 쌓아 올린 경험치는 이젠 초보자가 도달할 수 없는 영역에 이르렀고──.

"됐어."

"어떻게?!"

마이가 보여준 화면에는 CLEAR라는 글자가 또렷했다.

"리듬 게임 초보자면서!"

"피아노 경험이 도움이 됐으려나."

"앗………… 그런 건가…………."

나는 단번에 패배를 깨달았다. 리듬 게이머는 그래봤자 게이머. 실제로 음악을 하는 사람에겐 콤플렉스가 있다……. (나만 그런 걸지도 모른다.)

"아, 그럼 이것도 클리어해 줘. 돌 캐야 해."

"얼마든지."

"와아—."

그렇게 나는 마이 덕분에 가챠를 돌릴 보석을 잔뜩 캤지만……. (그리고 가챠 결과는 그럭저럭이었다. 마이한테 돌려달라고 부탁하는 게 나았을지도.)

그리고 집에 돌아와서 스코어 기록을 보니, 거기엔 마이의 기록만 가득.

"……."

내 손으로 아무것도 이루지 못한 채, 남의 능력을 이용해 이익만을 챙겼다는 증거가 쭉 나열되어 있었다.

"…………."

이, 이건…… 위험해.

＊＊＊

"마이, 이거 봐."

다음 날 옥상, 나는 마이에게 스마트폰을 내밀었다.

“왜 그래? 오늘도 힘을 빌려줄까?”

“그게 아니고. 봐, 최고 기록. 내가 갱신해 놨거든.”

그래, 나는 어디까지나 게임 속에서만이라도 마이를 능가하지 않으면 안 돼……!

눈 밑에 거뭇한 다크서클이 생긴 나는 만족스레 웃었다.

마이는 후훗, 하고 아름다운 미소를 지었다.

“그렇군. 그럼 나도 그 게임을 설치해서 본격적으로 파고들어 볼까나.”

“그것만큼은 참아 줘!!”

내 하찮은 자존심을 함께 지켜 줘, 마이!

아마오리 레나코의 보잘것없는 점심시간

　안녕! 내 이름은 아마오리 레나코! 어디에나 있는 평범한 여고생이야☆

　단지 평범함에서 살짝 벗어난 부분은, 나한텐『두 명』의 너무너무 귀여운『여자친구』가 있다는 점이려나♡

　정말 인기가 너무 많아서 곤란해☆ 어쩌다 이렇게 됐을까─(웃음), 아이참.(웃음)

　"후후후…… 정말로 어쩌다 이렇게 됐지…… 후후……."

　점심시간. 나는 옥상에서 11월의 차가운 바람을 맞으며 주기적으로 찾아오는 자괴감의 파도에 흔들리고 있었다.

　아, 괜찮아요. 늘 있는 일이거든요…….

　당신의 자괴감을 부채질하는 곳은 어디인가요? 저는 SNS입니다!

　언제나처럼 SNS를 둘러보던 중, 불쑥 튀어나온 뉴스는 그다지 잘 알지도 못하는 연예인의 양다리 뉴스였다. 솔직히 까놓고 말해 흔해 빠진 소동이다. 거의 매일 어딘가에서 일어나는 스캔들이다.

　평소라면 나도『흐응─』하고 그냥 넘겼겠지만, 오늘은 우연히 급소를 맞은 모양이다. 뉴스에 달린 댓글이 묘하게 마음에 박혔다.

『양다리를 걸치는 놈은 인간적으로 문제가 있다.』

그러지 말아야 했는데, 나는 거기서부터 달린 댓글을 전부 읽고 말았다. 양다리를 옹호하는 사람 따위 있을 리가 없는데!

가벼운 데미지라도 1만 명한테 두들겨 맞으면 그건 치명상이다. 나는 점점 침울해졌고, 그러다 마침내 멘탈이 산산조각 난 것이다.

"아……."

뭐, 인간이니까. 노력하겠다고 단단히 마음을 먹어도 이런 날도 있는 거야. 응.

나는 내 멘탈을 달래는 데에는 도가 텄다. 지금도 억지로라도 이렇게 혼자만의 시간을 만들었다.

옥상 펜스에 등을 기댔다. 올려다본 하늘은 잔뜩 구름이 낀 모습. 기분이 침울한 것도 기압 때문일지도 모른다. (그런 생각에 조사해 볼 때마다 기압은 전혀 상관없었기 때문에 나는 찾아보는 걸 그만뒀다.)

"……잠깐만."

그랬을 때 문득 어떠한 생각이 떠올랐다.

발상의 전환이다.

어쩌면 양다리라서 세간에 비난받는 걸지도 모른다.

예를 들어. 그래, 세 다리라면 어떨까. ……아니, 그다지 달라지는 게 없네. 오히려 더 악질이다.

하지만! 그렇다면 열 다리라면?!

양다리를 걸치고 셋이서 동시에 사귀는 게 이상하다면, 열 다리를 걸치고 열한 명이 동시에 사귄다면 어떨까? 그럼 이젠 뭐가 뭔지 알 수 없어진다. 그냥 그런 세계관인가? 하는 생각도 든다.

혹시 내 양다리는 스케일이 작았던 게 문제였던 걸까……?!

나는 더욱 망상을 넓혔다. 현실 도피지만!

아마오리 레나코와 여자친구들. 물론, 나는 여자친구 한 사람 한 사람에게 진심이다. 그 사람을 좋아하니까 사귄다는 기본 원칙은 절대 변하지 않는다. 그저 숫자를 늘리기 위해서 사귄다니, 그런 건 나쁜 짓이니까!

하지만 내가 지금 사귀는 사람들만큼이나 좋아하게 될만한 상대를 98명 더……? 찾아낼 수 있을 리가 없어……. 터무니없는 소리다…….

아냐아냐! 만약의 얘기잖아! 어디까지나 만약이니까!

그래, 찾았다 치고! 그러면 백 명에서 사귀면 되는 거야. 커다란 집에서 다 함께 사는 거지. 맨션일 수도 있고. 분명 즐거울 거야. 5대5 FPS를 해도 인원이 순식간에 모이잖아.

좋네…… 이참에 클론 같은 것도 괜찮겠어. 나와 마이와 아지사이 양의 클론을 32명씩 만들자. 총 99명이야. 왠지 그건 또 다른 윤리적 문제에 걸릴 것 같지만…….

아니, 그런데 클론이라니. 아마오리 레나코, 너는 너 자신과 사귀고 싶은 거야……?

이 질문에 대부분의 사람은 No라고 대답하겠지.

퀸텟 친구들…… 마이, 아지사이 양, 사츠키 양, 카호 짱이라면 만약『당연히 나 자신과 사귀고 싶지』라는 말을 꺼낸다 해도, 하긴 그렇겠지, 라고 납득할 수 있어. 아마 그런 소릴 하진 않겠지만. 아니지, 어쩌려나…… 사츠키 양은 할지도…….

하지만 그게 아마오리 레나코라면.

별거 아닌 일로 멘탈 데미지를 입고 점심시간에 옥상으로 도망치는 인간이자, 재밌는 대화를 하는 재주도 없는 좀생이랑 사귀고 싶어? 잠깐 말이 너무 심하지 않아?! 그 녀석한테도 장점이 있다고! 예를 들어………… FPS를 좋아해서 대화가 잘 통할지도!

아니, 어떨까…… 그 녀석 툭하면 캐릭터를 비난하고 그러는걸……. 짜증 나지 않으려나. 같이 게임을 해도『아, 얘 지금 진 걸 같은 팀 탓이라고 생각하는구나』하고 금방 알아차리게 될 테고. 왜냐하면 나 자신이니까!

그렇게 생각하면 아마오리 레나코의 클론은 필요 없겠네……. 안 만드는 편이 나아. 지구의 산소가 아까워.

아니 그보다! 만약 클론을 만들 수 있다면, 나를 두 명 만들면 양다리 문제가 해결되는 거 아닌가?! 한쪽이 다른 한쪽과 사귀면 되니까!

그렇구나, 맹점이었어……. 그렇군, 해결되는구나, 양다리…….

아무도 불행해지지 않고, 모두가 사회적 규범을 지키면서 원만하게 수습된다. 다들 고개를 끄덕이겠지.

해피엔딩이다.

…….

거기까지 생각했을 때……. 점심시간 끝을 알리는 종소리가 울렸다.

나는 흐린 하늘을 올려다보았다.

"뭐 하는 거람, 나는……."

나도 모르게 한숨이 흘러나왔다. 정말이지.

상당히 보잘것없는 현실 도피에 시간을 쓰고 말았지만, 결국엔.

누가 뭐라고 하든, 그 말에 내가 『네, 양다리 그만둡니다―』라고 말하지 않는 이상, 전혀 의미 없는 얘기다.

설령 내 클론이라 해도 넘겨주고 싶지 않다. 내가 그 두 사람과 사귀고 싶으니까.

어떤 비방이나 헐뜯는 말에도, 이겨내고 나아가야 해.

내가 행복해지기 위해서.

"강해지고 싶다아―."

새롭게 결심하고 나니 조금이지만 마음이 가벼워졌다. 나는 끙끙대며 교실로 돌아갔다.

『10년 후, 10주년을 맞이한 우리』

"10주년?"

"맞아 맞아."

쉬는 시간의 교실.

내가 고개를 갸웃거리자, 옆자리에 앉은 아지사이 양이 기쁜 기색으로 검지를 세웠다.

"근처 드럭스토어가 오픈 10주년이라 쿠폰을 나눠줬거든. 전 품목 10% 할인을 받을 수 있대!"

웃는 얼굴로 열심히 말하는 아지사이 양. 그런 아지사이 양을 보니 나도 행복해⋯⋯.

"관심 있던 화장품들 전부 사버릴 거야~."

"멋지네."

꼭 샀으면 해. 바라면 모든 걸 손에 넣을 수 있는 사람이 됐으면 좋겠어, 아지사이 양.

갑자기 혼자 마음이 북받치기 시작한 나와는 상관없이 아지사이 양은 싱글벙글 웃었다.

"이번 이벤트를 놓치면 다음 세일은 20주년일 테니까."

"머나먼 미래구나."

20주년⋯⋯ 10년 후인가.

"10년 후의 아지사이 양은 25살이네요."

"그러네. 어엿한 성인 언니가 되면 세일이 아니더라도 갖고 싶은 걸 살 수 있을까?"

"그야 물론이지."

나는 미래의 아지사이 양을 상상하며 힘주어 고개를 끄덕였다.

"아지사이 양은 막대한 부를 얻게 될 거예요!"

"어떻게?!"

"그건…… 바른 삶을 살아서 훌륭해요상 같은 걸로……."

"내가 그런 상을 받을 수 있다면, 다른 사람들도 받을 수 있을 거야~."

아지사이 양은 웃으면서 겸손하게 말했지만 그렇지 않다고 생각한다. 최소한 나는 못 받을 거다.

"안녕. 즐거워 보이는걸."

"무슨 얘기야? 무슨 얘긴데―?"

그때 마이와 카호 짱이 다가왔다.

"10년 후의 아지사이 양은 막대한 부를 얻게 될 거라는 이야기 중입니다."

"그런 얘기였어?"

내가 짐짓 진지한 척 요약한 말에 아지사이 양이 태클을 걸어 주었다. 고마워라.

"어째서 어째서? 아 짱, 부잣집에 시집이라도 가?"

"글쎄― 가버릴지도―?"

"좋잖아. 퍼스트레이디가 되어버리자고!"

미국 대통령 부인인가……. 확실히 아지사이 양이라면 그 정도까지 올라가 주길 바라. 그러면 분명 나도 이 세상을 좋아할 수 있겠지…….

"아, 하지만 그렇게 되면."

카호 짱이 입가에 손을 대고서 히죽히죽 웃으며 나를 보았다.

"레나찡은 대통령이 되어야겠네. 화이팅―."

"안 할 건데!"

나는 힘껏 고개를 저었다. 아지사이 양은 살짝 쑥스러워하고 있었다. 쑥스러워!

언제나 반짝반짝한 빛을 두르고 있는 마이가 미소 지었다.

"10년 후인가. 그런 미래의 일은 아무래도 상상해 본 적 없는 걸. 나는 어떤 사람이 되어 있을까."

"마이마이는 세계적인 톱 모델!"

"하지만 그건 지금도 그렇지 않아?"

"그런가―. 그러면 뭘까……. 우주 대통령……?"

카호 짱과 아지사이 양이 꺅꺅거리며 마이의 미래를 상상했다. 우주 대통령이 뭔데??

"글쎄, 어떨까. 할 수 있을 때까지 현역으로 활동한 뒤, 그 다음 엔 어머니 회사를 물려받지 않으려나?"

마이가 현실적인 의견을 제시했다. 하지만 그건 다시 말해…….

"여자 사장님!"

눈이 반짝 빛나는 카호 짱. 귀여워라.

"스물여섯 살 마이 짱……."

아지사이 양도 비스듬히 위를 보면서 뭉게뭉게 상상의 나래를 펼치며 황홀한 듯이 입을 열었다.

“할리우드 영화 같은 곳에 나올 것 같아…….”

“확실히…….”

“어쩌면 주연일지도…….”

“하하하.”

쾌활하게 웃는 마이. 아예『사실은 다음 달에 내가 출연하는 영화가 개봉해』라고 말한다 해도 그다지 위화감이 없을 정도다.

“사실은 다음 달에 내가 출연하는 영화가 개봉해.”

“위화감이 없어!”

“농담이야.”

마이의 시네마 조크였다. 위화감이 전혀 없었다…….

“카호 짱은?”

“음―, 10년 후의 나는…….”

아지사이 양의 물음에 카호 짱은 턱 밑에 손을 대고서 눈을 감았다.

그러다 팟, 하고 눈을 떴다.

“모르겠어! 내 미래는 무한대니까!”

저렇게 긍정적일 수가. 아니, 아무런 생각도 없을 뿐인가?

그래도 확실히 카호 짱이라면 뭐든지 할 수 있을 것 같기도 하고, 콕 집어서 이거다! 싶은 이미지가 없는 것 같다. 코스프레를 좋아하는 마음이 더욱 커져서 유명 방송인이 된다 해도 놀랍지 않을 것 같은걸. 그보다 당장이라도 될 수 있을 것 같고.

“아, 손재주가 좋으니까 자기 가게를 열고 있을지도! 인형을 만든다거나.”

"와~ 근사해~."
아지사이 양이 눈꼬리가 휘도록 방긋 웃으며 손뼉을 쳤다.
"옷을 만들지도 몰라! 마이네 회사에서!"
짜안—! 하고 마이 옆에 나란히 서는 카호 짱.
"그것도 멋지네."
"쿠후후…… 낙하산 입사…… 학창 시절의 인맥을 통해 쭉쭉 눈 깜짝할 사이에 승진해 나가는 거야…… 이 퍼펙트한 인생 설계……."
어쩐지 카호 짱이 음흉한 미소를 짓고 있다. 마이는 농담이라고 생각하며 하하 웃고 있지만, 3할 정도는 카호 짱의 진심이 섞여 있는 느낌이 들어…….
"사츠키 짱은 어때?"
자기 자리에서 다음 수업 준비를 하고 있던 사츠키 양을 아지사이 양이 이리 오라며 불렀다.
"무슨 얘긴데?"
"10년 후의 자기 모습은 어떤 모습일까 얘기하는 중이었어."
순순히 다가온 (아지사이 양이 불렀으니까 그렇겠지) 사츠키 양은 살짝 눈살을 찌푸리며.
"그렇네……. 아마 취직했을 거야."
"평범해!"
카호 짱이 호들갑스럽게 반응했다.
"좀 더 꿈을 말해야지! 여기는 꿈을 얘기하는 자리라고!"
어느새 그런 자리가 되었나 보다.

꿈……. 사츠키 양의 꿈……? 전혀 상상이 안 가.

그런데, 그런 의미라면, 이라고 말하려는 것처럼 사츠키 양이 가슴을 폈다.

"마이를 완전히 굴복시켰을 거야."

"그게 꿈?!"

"그래."

카호 짱이 조그만 목소리로 "뭔가 야해……!"라고 중얼거렸다. 확실히…….

후훗, 마이가 웃었다.

"나한테 이길 때까지 10년이 걸릴 생각이야? 사츠키."

"아니. 내 얘기를 잘 들어야지. 『완전히 굴복』이라고 말했잖아."

예쁜 미모를 가진 사츠키 양이 의기양양한 표정으로 수수께끼의 비전을 이야기했다.

"먼저 5년 정도 연승을 반복하는 거야. 한 번의 패배도 없이 말이지. 그래도 네 마음은 쉽게 꺾이지 않아. 하지만 점점 뚜렷한 차이가 벌어지겠지. 너 스스로 깨닫게 될 정도로. 이제 두 번 다신 이 사람에게 이길 수 없을 거라고 마음이 전부 체념으로 물들게 될 때까지 그래, 대충 10년 정도 걸리겠네. 그때부터는 나도 네게 조금은 상냥함을 베풀어 줘도 되겠어. 어때?"

즐거워 보이네, 이 사람…….

"실현 불가능한 계획을 소리높여 떠들어 봤자, 허무해지지 않아?"

"그렇진 않네."

사츠키 양은 우아하게 미소를 지었다. 어떻게 그 타이밍에 우아한 미소를 지을 수 있는지 조금도 모르겠지만, 사츠키 양은 오늘도 미인이었다…….

"아, 그래도."

아지사이 양이 생글생글 웃으며 이야기를 원래대로 돌렸다.

"사츠키 짱은 일류 기업에서 매일 바쁘게 지내는 모습도 잘 어울리지."

"유능한 커리어 우먼이란 거네요—."

"글쎄."

그다지 와닿지 않는 모양이다. 사츠키 양이 고개를 갸웃거린다.

"왠지 모르게 일로 인한 스트레스 탓에 매일 집에 오면 취하도록 술을 마시는 내 미래는 쉽게 상상이 가는데."

어머님의 영향이야……! 태클 걸기 껄끄러워……!

우물쭈물하는 나 대신 아지사이 양이 "그런가?" 하고 고개를 갸우뚱했다. 퀸텟의 빛이다.

"그럼 레나코는 어때?"

"윽."

마침내 내 차례가 오고 말았다.

당연하겠지. 왜냐하면 남은 사람은 나뿐이니까. 그리고 퀸텟 친구들은 착해서 나한테도 말할 차례를 주지 않고선 그냥 넘어가지 못하니까……!

"나, 나는~."

시선이 갈팡질팡했다.

내 10년 후의 미래라……. 내년조차 상상하지 못하는 내가 그런 걸 상상할 수 있겠어……?

애초에 대학에 가긴 하려나. 일단 진학을 희망하지만, 그것도 3년간 고등학교 생활을 성실히 보낸 다음의 이야기일 테니까…….

"레나 짱이라."

"10년 후의 아마오리 말이지."

아지사이 양이나 사츠키 양도 내 이름을 한 번씩 말했다.

내 머릿속에 세 가지 미래가 떠올랐다.

① : 대학에 진학하고, 친구도 사귀고, 일반 기업에 취직 성공. 퍼펙트!

② : 대학에는 가지 않았지만, 어떻게든 취직해서 살아가고 있다. 굿!

③ : 대학에도 가지 못한 채, 고등학교도 중퇴하고 방구석에 틀어박혔다. 배드!

③만큼은 싫어!

"취직해서 일반 기업에서 일하고 싶네요!"

내가 필사적으로 그렇게 주장하자, 아아, 하고 아지사이 양과 사츠키 양도 이해해 준 모양이다.

카호 짱이 내 어깨에 손을 탁 올렸다.

"나, 레나찡의 장래를 깨달았어!"

“어? 뭔데?”

반사적으로 묻고 나서 왠지 안 좋은 예감이 들었다.

카호 짱이 덧니를 드러내며 웃는 얼굴로 손가락질했다.

“여자 기둥서방!”

나는 눈을 감고서 스읍, 숨을 들이쉬었다.

마이네 집에서 (혹은 자취를 시작한 아지사이 양네 집에서) 매일 빈둥빈둥 게임만 하는 내 모습을 너무나도 쉽게 상상할 수 있었다.

그건………… 확실히………….

“아니아니아니, 그러면 안 되잖아! 무리무리!”

“아하하하하!”

내가 발끈해서 부정하자 카호 짱이 폭소했다. 어휴 진짜! 어휴!

“뭐, 어쨌든.”

마이도 쓴웃음을 지으면서 친구들을 둘러보았다.

“나는 여기 있는 모두와 10년 후에도 계속 절친한 사이로 지내고 싶어.”

“그러네.”

아지사이 양이 기쁜 기색으로 끄덕였다.

“그럼!”

카호 짱이 엄지를 치켜세웠고.

사츠키 양은 아무 말 없이 어깨를 으쓱했다.

그리고 나도 마이의 그 말에는.

“응!”

진심에서 우러난 미소로 대답할 수 있었다.

Friends?
Lovers?
NATA-
NAR

특별수록 단편

wata
-nare
SS!

여기서부터는 특별수록 단편이야 ♪

7권과 8권 사이의
이야기입니다!

Friends?
Lovers?

　손톱이 살을 파고들 정도로 오른팔을 단단히 붙잡힌 나, 아마오리 레나코는 그 상태로 밝은 미소를 지어야 한다는 시련을 부여받았다──.

　"그, 그러면 나는 레나찡이랑 워터 슬라이드 타러 다녀올게! 그치그치, 레나찡!"

　"그, 그러네! 서둘러서 남들보다 먼저 타고 싶지! 좋아, 서두르자, 렛츠 고!"

　나는 수영복을 입은 카호 짱과 얼굴을 마주 보며, 그리고 서로 미묘하게 시선을 피하며 고개를 끄덕였다.

　이곳은 계절과 관계없이 운영하는 도심의 레저 수영장.

　여동생 문제가 일단락되고서 며칠이 지난 어느 날.

　카호 짱의 권유로, 우리는 같은 반 여자애들을 포함해 여섯 명이서 놀러 왔다. ……원래 나는 올 생각이 없었지만 말이지!

　"앗, 그러면."

　분명 아지사이 양은 『나도 같이 갈까』라고 말을 꺼내려고 했을 텐데, 그 말을 끊으며 카호 짱이 붙잡고 있던 내 팔을 홱 잡아당겼다.

　"그, 그럼 어서 가자!"

　"어, 어어—! 수영장 최고—!"

　마치 도망치듯 우리는 그 자리를 떠났다.

으으으……! 무시무시한 죄책감!

"카호 짱……. 역시 솔직하게 얘기하는 편이……."

아까부터 나를 엄폐물이나 뭐 그런 건 줄 아는 카호 짱에게 작게 속삭였다. 하지만 카호 짱은 겁먹은 표정으로 나를 올려다보며 짧게 내뱉었다.

"무리!"

"아하하……. 그렇구나……."

카호 짱의 커다란 눈에 눈물이 글썽였다.

"레나찡…… 나를 버리는 거야……?"

"아, 아냐, 그런 게 아니고!"

"이런 나 같은 애는 구해 줄 가치가 없어……? 역시 귀찮아……? 하긴 그렇겠지……. 이제 레나찡한텐 친구도 많고, 반에서 인기도 대단한걸. 나 같은 건 내버려두고 마음 편히 수영장을 즐기고 싶겠지……. 미안해, 태어나서……."

"너무 과해 과해 과해!"

음침한 기운을 풀풀 뿜어내며 빠른 말투로 자조하는 카호 짱을 향해 외쳤다.

어쩌다 이렇게 된 걸까.

나는 바로 며칠 전 일을 떠올렸다…….

＊＊＊

학교에 가자마자 나는 카호 짱에게 붙잡혀 화장실로 끌려갔다.

"뭐야, 뭔데뭔데뭔데뭔데?!"

"……."

"왜 아까부터 아무 말도 없는 거야?!"

카호 짱은 마치 두통이라도 참는 것처럼 무언에다 무표정. 입술을 꾹 다물고 있다. 기색이 심상치 않아!

코야나기 카호라고 하면 아시가야 고등학교의 여동생이라고 불릴 정도로 애교 넘치고, 언제나 명랑한 미소가 끊이질 않고, 얘기도 재미있게 해서 어딜 가도 애들의 중심에 있는 사람. 모두가 카호 짱을 좋아하고, 물론 나도 그중 한 명이다.

그런데 지금 내 눈앞의 카호 짱은 마치 감정을 어딘가 떨어트리고 오기라도 했는지 무뚝뚝한 카호 짱이었다. 무서워!

"……큰일 났어."

무겁게 입을 연 카호 짱.

"그 정도로 심각한 분위기로 찾아올 정도라면, 나보다 마이나 아지사이 양이나 사츠키 양한테 의논하는 편이 낫지 않을까……?!"

사람에게는 적재적소라는 게 존재한다. 물을 엎지른 정도라면 걸레 한 장으로 어떻게든 해결할 수 있겠지만, 집 1층이 침수될 수준의 고민거리 앞에서는 걸레 한 장 가지고는 속수무책이다. 아니, 누구보고 걸레래!

카호 짱이 조용히 고개를 저었다.

"이건 다른 누구도 아닌, 레나찡한테만 말할 수 있는 일이야……."

"그, 그렇구나."

입술을 삐죽 내미는 카호 짱을 보며, 나는 아주 조금 안심했다.

장난스러운 모습을 보여주는 걸 보니, 어쩌면 그렇게까지 심각한 얘기는 아닐지도 몰라.

"사실은 다음 주에 우주 해적이 300척의 전함과 40억 명의 병사를 이끌고 우리 집에 쳐들어오게 됐거든……."

"세상에서 무엇보다도 나한테 할 얘기가 아니야!"

내가 뭘 할 수 있는데! FPS 랭크 매치에서 으스댈 뿐인 평범한 중상위급 게이머라고!

"우리 둘이서 어떻게든 격퇴하자! 힘을 빌려줘, 레나찡!"

"극장판 도라에몽, 진구와 철인군단이 아니라고!"

극장판 와타나레가 시작될 것 같았던 타이밍에, 카호 짱이 진지한 표정으로 고개를 흔들었다.

"뭐, 그런 농담을 할 상황은 아니고."

"대체 뭐야……."

"다음 주에 수영장에 가게 됐는데."

"문제의 스케일 축소가 엄청나네."

단번에 내 힘이 닿을 듯한 스케일이 됐어…… 나라도 어떻게든 해결해 줄 수 있을 것 같아……. 아니, 아마 그것까지 카호 짱의 수법이겠지만…….

"벌써 11월인데."

"도내에 있는 온수 수영장인데, 우리 반 여자애들끼리 다섯 명이서 놀러 갈 거야."

"허어."

뭘까, 그냥 자랑인가?

아니, 딱히 부럽다는 생각은 안 드는데. 친구랑 수영장에 놀러 간다니, 엄청 피곤할 것 같고…….

"그래서 사실은 레나찡도 같이 와줬으면 좋겠어."

"으……."

그런데 권유를 받고 말았다. 다른 사람의 권유를 거절하는 건, 이제 트라우마까진 아니게 됐지만 껄끄럽다는 점엔 지금도 변함 없다.

"우리 반 여자애들이라면……."

"멤버는~."

카호 짱이 말한 이름들은 반에서도 인싸 쪽 포지션에 자리 잡은 애들. 카호 짱과 친해 보이는 애들이라(이렇게 말해도, 카호 짱은 반 애들 모두와 친하게 지내지만), 나도 당연히 안면은 있다.

"아, 그리고 아 짱도 올 거야."

아 짱이란, 세나 아지사이 양을 가리킨다. 아지사이 양은 아시 가야 고등학교의 천사라고 불릴 정도로 귀엽고, 마음씨 곱고, 너무나도 인격적으로 훌륭한 분이다.

설령 우주 해적이 쳐들어온다고 해도, 아지사이 양이 한번 미소 짓기만 하면, 그들은 즉시 마음을 고쳐먹을 테고, 전쟁은 끝나 겠지. 『사랑 기억하고 있습니까』를 부를 필요도 없어. 틀림없다.

"아지사이 양과 함께 수영장……."

"어때? 부럽지!"

"어? 역시 그냥 자랑?"

당당하게 말하는 카호 짱에게 눈을 흘겼다.

"그보다…… 아지사이 양이 온다면야 아지사이 양한테 부탁하면 되는 거 아냐? 나한텐 가능하지만 아지사이 양에겐 불가능한 일 같은 건 존재하지 않아."

"뭐, 그건 거의 맞는 말이긴 한데."

선뜻 인정하면서(분노), 카호 짱이 팔짱을 꼈다.

"그런 아 짱이라서 오히려 부탁하기 어려운 일이란 것도 있거든……."

잠시 신음한 뒤, 카호 짱은 말하기 어려운 화제를 꺼내듯이 표정을 흐렸다.

"있잖아, 수영장에서 수영할 때, 콘택트렌즈를 빼잖아?"

"응…… 그렇지……?"

그건 맞지, 하고 끄덕였다.

잠깐, 콘택트렌즈……?

……나는 잠깐 멈칫한 뒤, 헉, 하고 깨달았다.

"뭐? 큰일이잖아, 카호 짱!"

"그렇다니까!"

머리를 감싸 쥐며 탄식하는 카호 짱.

그렇구나. 나는 문제의 요지를 백 퍼센트 파악했다.

카호 짱은 인싸지만, 근본은 인싸가 아니다. 스스로 암시를 걸어서 인싸처럼 행동하는, 말하자면 인조 인싸다. 인조 인싸라니 그게 뭐람.

암시의 트리거는 콘택트렌즈를 끼는 것. 농담처럼 들릴 얘기겠지만, 콘택트렌즈를 뺀 카호 짱은 이런 나도 쉽게 제압할 수 있을 정도로 빈틈투성이에 약하디약한 허접 아싸 카호 짱♡이 되고 만다.

그런 모습을 아지사이 양을 비롯한 학교 친구들에게 보여주고 싶지 않아! 그러니까 힘을 빌려줘! 그게 바로 카호 짱의 고민 상담이었다.

"응? 부탁이야. 속여 넘기는 걸 도와줘! 레나찡."

그렁그렁한 눈으로 올려다보며 부탁하는 카호 짱.

그 너무나도 귀여운 모습에, 나는 마치 최면술에 걸린 것처럼 『좋아―, 이 레나찡에게 맡겨만 줘☆ 카호 짱을 위해서라면 물불 안 가리지♡』라고 호언장담하는…… 일은 딱히 없었고.

"……그냥 안 가면 어떨까요…….."

있는 힘껏 시선을 피하면서 중얼대듯 말했다.

"뭐~~~~~~~?!"

새된 목소리로 외치는 카호 짱.

막 친해졌을 무렵이라면 몰라도, 나는 언제까지고 계속 카호 짱의 귀여움에 못 이겨 고개를 끄덕이기만 하는 온리 긍정걸이 아니거든요…….

"싫어! 수영장에 놀러 가고 싶은걸!"

"아싸가 놀러 가봤자 즐겁겠냐고요…….."

"즐거울 거야, 분명! 친구랑 수영장에 가는 건데?! 새 수영복도 벌써 샀단 말이야! 가격도 만만치 않았으니까 본전을 뽑아야 해!"

카호 짱이 몸을 불쑥 내밀었다. 윽…… 귀여워……!

"물에 안 들어가는 건……?"

"수영하고 싶어!"

"무언가를 선택한다는 건, 무언가를 포기한다는 뜻……."

"괜찮아, 괜찮아! 레나찡이 있으면 어떻게든 된다니깐!"

내 손을 양손으로 꼭 쥔 카호 짱이 반짝이는 시선을 보냈다.

으으으. 신뢰가 느껴진다…….

"응? 부탁이야, 레나찡. 같이 수영장에 가자. 그리고 나를 도와주지 않을래? 레나찡과 함께라면 분명 극복할 수 있을 테니까. 응? 응? 응?"

카호 짱이 애교를 섞어 졸라대는 목소리가 내 뇌를 징징 흔들어났다.

"응?"

쐐기를 박듯 조그맣게 고개를 갸웃하며, 초절정 미소녀에게만 허락된 압도적인 파워의 미소를 짓는 카호 짱. 자신의 귀여움을 완전히 이해하고 있기 때문에 쓸 수 있는 필살기다.

"아……."

눈을 꾹 감고서, 힘껏 페트병 뚜껑을 여는 것처럼 버럭 외쳤다.

"알겠어! 갈 테니까! 폐가 안 된다면!"

"해냈다~♡"

카호 짱이 껴안았다. 미소녀 특유의 좋은 향기에 감싸인 채 이를 악물었다.

아냐……. 이건 카호 짱의 귀여움에 진 게 아니야. 카호 짱은 지금까지 셀 수 없이 나를 도와줬는걸. 그런 카호 짱이 지금은 몹시 곤란해 보이니까 도와주고 싶다고 생각한 거야. 그러니까 이건 우정……! 우정의 증거인 거야!

"하아……. 나도 수영복을 사야겠네……."

"답례로 내가 골라줄게♡ 이런 건 어때?"

방긋 웃으며 카호 짱이 스마트폰을 내밀었다. 거의 끈이나 마찬가지인 비키니였다.

"앗, 혼자서 노력해 주세요……."

"농담! 농담이라니까!"

****

그렇게 돼서.

나는 카호 짱과 같이 쇼핑하며 산 위아래 비키니(하의에 커다란 파레오가 달린 디자인이다. 당연히)를 입고, 워터 슬라이드 줄에 서 있었다.

솔직히 말하면 배를 가릴 수 있는 수영복을 고르고 싶었는데, 가슴이 크면 뚱뚱해 보여, 라는 카호 짱의 조언에 따라 프릴이 달린 비키니로 하게 됐다…….

한편으로 탈의실에서 옷과 함께 콘택트렌즈를 뺀 카호 짱은 하늘색 줄무늬 비키니 위에 데님 반바지 같은 수영복을 걸쳐 입고 있었다. 건강미 넘치고 활기찬 카호 짱의 매력을 한껏 끌어내 줘서, 겉보기엔 퍼펙트. 설마 이런 여자애가 소심한 아싸라는 사실은 셜록 홈즈라 해도 간파할 수 없을 것이다.

그러나 물가의 아름다운 아이린 애들러는 아까부터 계속 부끄러운 기색으로 내 팔에 매달린 상태다.

"으으…… 나는 왜 이런 눈에 확 띄는 수영복을 고른 걸까…….
차라리 중학교 시절 학교 수영복을 입고 올 걸 그랬어……."

그건 오히려 수요가 지나쳐서 안 돼…….

아싸인 카호 짱은 평소와는 완전히 다른 사람인 것처럼 위축되
어 있었다.

"그보다 괜찮았던 거야? 처음부터 애들과 따로 행동하게 됐
는데."

"괜찮냐 아니냐로 따지자면, 그다지 좋지는 않지……."

역시…….

"내가 애들한테 먼저 『놀러 가자—』라고 권해 놓고, 나중에 낀
애랑 둘이서 따로 돌아다니는 건 뭔가 보기에도 안 좋고……. 나,
이제부터 학교에서도 애들한테 따돌림당할지도……."

앗, 카호 짱의 표정이 점점 어두워지고 있어!

"괘, 괜찮겠지! 사소한 건 신경 안 쓰는 애들 같으니까! 카호 짱
이 갑자기 자유행동을 개시하는 것도 평소의 카호 짱이랑 크게
다르지 않아!"

"나…… 평소에 그렇게 제멋대로였어……?!"

쿠웅—, 하고 충격받는 카호 짱.

"아, 아니아니! 그런 자유분방한 점도 카호 짱의 매력이니까!"

"……주변의 배려에 기대서 응석을 부리고, 폐를 끼치고 있는
데도 눈감아 주는 거야……?"

"그게 아니라 그런 카호 짱도 귀엽다는 뜻!"

으으으, 하고 양손으로 얼굴을 덮는 카호 짱. 귀가 빨개져 있다.

"미안해, 레나찡한테도 뻔뻔스러운 부탁을 해서…… 나는 정말, 주변의 도움이 없으면 아무것도 못 하는 인간이라……."

오늘의 카호 짱은 원래 키보다 훨씬 작아 보인다……. 미니멈 카호 짱…….

"인싸 모드일 때는 깊이 생각도 안 하고『에이 뭐 가능하지!』라고 생각했거든……. 아무튼 수영장에 가면 즐겁게 놀겠지, 라며……. 그때의 나를 힘껏 때려 주고 싶어……."

"아아, 그럴 때 있지……. 뭔가 묘하게 텐션이 높을 때 떠올렸던 생각을, 냉정해지고 나서 엄청 후회하는 거……."

아무리 카호 짱의 본모습이 아싸라고는 해도, 평소엔 이 정도로 심하진 않다. 나와 주변 친구들에게 폐를 끼치고 있다는 생각이 카호 짱의 네거티브함에 박차를 가하는 거겠지.

그런데 카호 짱한텐 미안하지만…….

나는 물끄러미 카호 짱을 응시했다. 양손으로 얼굴을 덮고 있던 카호 짱은 그런 내 시선을 깨닫고서 뺨을 붉히며 가슴과 배를 손으로 샥, 가렸다.

"……뭐, 뭔데?"

"으음."

"왜, 왜 쳐다보는 거야……?"

겉모습은 아시가야의 여동생. 태양처럼 사랑받는 미소녀 걸.

하지만 내용물은 내성적이고 수줍음 많은 소녀.

뭐라고 해야 할까…… 갭이 엄청나서…….

“레나찡……?”

무심코, 괴롭혀 주고 싶어진다고 해야 하나…………!

“나, 나는 잘 어울린다고 생각해! 아주 잘 어울려! 카호 짱의 수영복!”

카호 짱은 곤란한 듯한 표정으로 나를 올려다보며 되물었다.

“……그래?”

“으, 응! 정말로! 언제 어느 때든 카호 짱은 귀여운걸!”

안 되지, 안 돼!

카호 짱은 비밀을 공유하는 친구로서 나를 콕 집어 이 역할을 맡겨 줬는걸! 그런 카호 짱의 약점을 파고드는 짓은 해선 안 돼! 떽!

설령 건들기만 하면 바로바로 귀여운 반응을 보여주는 최고로 사랑스러운 조그만 동물이 눈앞에 있다 해도!『웃…… 냐앗……』같은 목소리로 아무리 내 이성을 녹이려고 해도! 나는 그런 짓! 안 합니다!

그러자 카호 짱은 헤실헤실 표정을 풀면서 순진무구한 웃음을 흘렸다.

“에헤헤, 고마워……. 레나찡이 그렇게 말해주면 빈말이라도 기뻐…….”

나는 손톱으로 내 팔을 꽉 눌렀다.

“으아아아—!”

“레나찡?!”

과연 나는 오늘 하루 카호 짱을 지켜낼 수 있을까!

내 안의! 사악함으로부터!

한동안 줄을 서서 기다린 뒤, 우리는 워터 슬라이드를 타고 미끄러져 내려왔다. (카호 짱은 높은 곳에서 오들오들 떨었지만, 정작 미끄러져 내려올 땐 즐거워 보였다.)

그러나 당연하지만, 내 안의 사악함을 제외하더라도 수많은 시련이 있었다.

내려온 곳에서 마침 아지사이 양과 마주치고 말았다.

으.

"워터 슬라이드는 어땠어~?"

싱글벙글 웃는 아지사이 양은 프릴이 잔뜩 달린 흰색 비키니 차림이었다. 아지사이 양 특유의 청초하고 부드러운 인상에 너무나 잘 어울려서, 카호 짱을 에스코트하는 상황이 아니었다면 사진을 몇천 장이든 찍고 싶을 정도로 매력이 넘쳤다.

하지만 뭐, 그래도 뭐, 아지사이 양과 같이 온천에도 들어간 사이인걸. 새삼 수영복에 두근거리거나 하지 않는다고요.

"아, 응. 재밌었어!"

"레나 짱, 롤러코스터도 좋아했잖아."

따뜻하게 미소 짓는 아지사이 양. 그 미소가 마음을 사로잡는다.

안 되겠어! 알몸은 알몸! 수영복은 수영복! 어느 쪽이든 두근거릴 만한 요소가 산더미처럼 넘치잖아!

나는 경솔했다. 애초에 교복을 입은 아지사이 양한테도 두근거리니까. 그저 아지사이 양이 아지사이 양으로서 존재하는 것만으로도 매력적이라는 건 자명한 이치.

"카호 짱은 높은 곳도 아무렇지 않아~?"

맞다, 카호 짱. 카호 짱은 지금 어떻지?

시선을 돌렸다. 지금은 아지사이 양이 말을 건 상황. 그래도 아지사이 양이 상대라면 본래 모습인 카호 짱이라도 즐겁게 대화를 나눌 수 있지 않을까……?

카호 짱은 우물쭈물하고 있었다.

"어, 으, 응, 뭐어………… 헤헤헤……."

불가능해 보여!

평소엔 1을 말하면 100을 돌려주는데, 전혀 말이 나오질 않잖아!

"저기, 카호 짱! 다음은 저쪽 파도 수영장에 갈까?! 응응! 그럼 아지사이 양, 우리 먼저 갈게!"

"어? 앗."

아지사이 양이 만류하는 걸 뿌리치고서, 카호 짱을 끌고 자리를 떠났다.

한참을 걸어 모습이 보이지 않게 됐을 때.

"카호 짱, 이젠 괜찮아, 카호 짱."

"휴우……."

우리는 깊게 숨을 토했다.

"저기, 아싸 모드일 땐 아지사이 양도 버거워……?"

카호 짱은 덧없는 미소를 지었다.

"버겁다기보단…… 세나 씨는 누구에게나 차별 없이 다정하니까…… 이런 내가 시야에 비치는 게 송구스럽다고 해야 하나……."

"이젠 호칭이 『세나 씨』가 되어버렸잖아……."

아지사이 양이 들었다간 기절할 거야.

"평소에는 아지사이 양 무릎 위에 앉기도 하면서……."

"인싸 모드일 때의 나는 무서운 줄을 모르지……."

"그건 정말 공감하지만!"

본인 입에서 그런 발언이 나오니까 너무 웃기잖아.

"나도 혹시 세나 씨라면 가능하지 않을까 싶었는데, 도저히 안 되겠네……. 미모가 장난 아니었어. 차광판 없이 태양을 쳐다본 기분."

"평소엔 카호 짱이 태양 같은 느낌이면서……."

왠지 지금 카호 짱은 히라노 양이나 하세가와 양이랑 닮았어……. 아니, 아지사이 양 앞에 선 아싸들은 누구나 저렇게 되고 마는 걸 지도 모르지만…….

"레나찡은 용케도 태연하게 있을 수 있구나……."

"그, 그야 알고 지낸 시간도 이제 꽤 됐으니까……."

4월부터 세면 벌써 반년이 넘었다. 처음에는 나도 맨날 아지사 이 양의 빛에 구워지고 있었지. 아니, 지금도 방심하면 사왕염살 흑룡파를 맞은 제르처럼 되지만.

"레나찡은 역시 대단하네……."

살포시 힘없는 미소를 짓는 카호 짱.

……대단해? 나 대단해?

"그, 그런가?"

"응. 레나찡, 매일 노력해서 굉장히 성장했구나, 싶어……."

"헤헤헤……. 그런가? 그 정도는 되려나?"

“존경스러워.”

“존경스럽다고?!”

카호 짱의 존경을 받다니……!

이 무슨 일인가…… 기분 좋아!

“그리고.”

카호 짱이 꾸밈없이 웃었다.

“도와줘서 고마워, 레나찡. 역시 레나찡한테 부탁하길 잘했어.”

“아, 아뇨아뇨. 그러려고 온 거니까요.”

“응…… 마음 든든해, 레나찡.”

겉보기엔 슈퍼 미소녀인 카호 짱이 마치 어미 새를 보는 아기 새 같은 눈으로 나에게 전폭적인 신뢰를 보낸다…………

몸속 깊은 곳에서 뭔가, 이렇게, 말로 형용하기 힘든 감정이 솟아올라…….

어라……. 어쩌면 이건 평소의 카호 짱보다 더욱 빠져나오기 힘든 『늪』 아닌가……?

위험한데?

“아냐, 평소엔 내가 카호 짱한테 도움받고 있으니까! 이 정도쯤이야 당연하지!”

나는 일단 안 좋은 쪽으로 기운 정신을 회복시키기 위해 겸손을 떨었다. 겸손이라고 해야 하나, 그냥 사실 그대로지만.

그런데 카호 짱은 길 잃은 아이가 겨우 찾아낸 언니한테 그러듯이, 내 손을 꼭 쥐면서.

“나, 레나찡이 있어 줘서, 행복한…… 사람이야.”

늪 카호 짜아아아아아앙.

위험해! 원래의 소악마 카호 짱으로 지금 당장 돌아와 줬으면 좋겠어! 정신 나갈 것 같아!

역시 이런 역전된 역학 관계는 불건전하다고!

파도 수영장에서 둘이 함께 첨벙첨벙 실컷 논 뒤, 카호 짱이 화장실에 간 사이, 나는 겨우 숨을 돌렸다.

수영장 가장자리에 기댄 채 크게 한숨을 내쉬었다.

"후우……. 힘들구마잉……."

나도 모르게 사투리로 중얼거렸다. 아싸에게 친절한 인싸 카호 짱이, 이젠 (겉모습은 그대로인 채) 아싸에게 친절한 아싸가 되어 버렸다는 갭이 주는 파괴력에 산산조각 날 것 같았다.

정신 못 차리겠어. 누구에게나 살갑게 대하는 카호 짱이 나만을 바라보며 나에게만 감정을 쏟는다니……. 그러면 착각하게 되잖아…….

만약 일주일에 한 번만이라도 카호 짱이 안경을 쓰고 학교에 온다면, 카호 짱의 인기는 지금의 두 배, 세 배는커녕, 5억 배로 늘어날 게 틀림없다.

그렇구나……. 내가 카호 짱의 놀림감이 되는 건 세상의 올바른 모습이었구나……. 앞으로도 평생 카호 짱한테 놀림당하고 싶어……. 니히히, 웃는 카호 짱이 아니어선 너무 두근거려서 언젠가 심장이 터져 버릴 거야…….

생각해 보면 이거, 어린 시절 친했던 소꿉친구(과연 학원에서 딱 1년 친하게 지냈던 애를 소꿉친구라고 부를 수 있는가? 라는 의문은 있지만)가 그 시절 성격 그대로 아름답게 성장해서 재회했다는 시츄에이션이구나…….

그러니 오타쿠라면 다들 껌뻑 죽을 수밖에 없지…….

다시 말해 나에겐 잘못이 없다……?

뭔가 점점 영문 모를 생각에 사로잡히고 있을 때.

"에잇."

"햐앗?!"

돌연, 누군가가 옆구리를 쿡 찔렀다.

첨벙, 물보라를 일으키며 돌아보니, 그곳에서 들려오는 장난기 넘치는 천사의 웃음소리.

"아하하."

수영복을 입은 천사, 아지사이 양이 입에 손을 대고서 웃고 있었다.

나도 모르게 꾸벅 절을 올렸다.

"아아, 아지사이 양이다……. SAN치가 회복되고 있어……."

"어? 어어?"

"역시 아지사이 양이 최고야……. 아지사이 양은 언제나 내 마음에 평온을 가져다 줘……. 내가 올바른 길로 나아가기 위한 북극성이야. 아지사이 양……."

"레나 짱, 어느새 올바른 길에서 벗어나 있었던 거야……?"

의아하게 되묻는다.

남김없이 설명하고 싶어. 소악마가 아니게 된 카호 짱은 진정한 악마라고……. 하고 싶지만 카호 짱의 명예를 위해서도 그 비밀은 지켜야 해…….

"에잇, 에잇."

"엇, 잠깐?!"

뭐 그런 생각을 하고 있었더니, 이번엔 정면에서도 내 옆구리를 콕콕 찔렀다. 데이터에 없는 행동?!

"뭐, 뭔가요……?"

양손으로 가슴을 감싸면서 뒷걸음질 쳤다.

"음——."

아지사이 양은 의도를 짐작할 수 없는 미소를 지은 뒤, 또다시 나를 콕콕 찌르기 시작했다.

세 번째!

"뭔데, 뭔데뭔데뭔데?!"

"……그치만."

아지사이 양은 한번 말을 끊고서 시선을 피하더니.

"……왠지 레나 짱, 오늘 나를 피하는걸."

"어?!?!"

잠깐만! 왜 그렇게 되는데?!

나는 그저 카호 짱을 돕기 위해, 계속 카호 짱과 단둘이 있는 상황을 만들려고 교묘한 책략을 꾸몄고…….

그 결과 워터 슬라이드를 타러 가거나, 아지사이 양을 내버려둔 채 파도 수영장에 가거나 그랬을 뿐인데…….

……?!

나, 아지사이 양을 피하는 것처럼 행동했어?!

"서운하네, 싶어서."

"아으아으아으아으아으."

"모처럼 카호 짱이 레나 짱도 불러와 줬는데. 그래서 나도 무척 기대하고 있었는데―, 싶어서."

"아니, 그건!"

"오늘은 친구들과 같이 놀러 왔지만 어쩌면 단둘이 있을 수 있지 않을까― 했는데, 싶어서."

아지사이 양은 가슴 앞에서 손가락을 꼼지락거리더니, 척 봐도 알 수 있을 정도로 얼굴을 빨갛게 물들였다.

"수영복도 귀여운 걸로 골랐는데…… 혼자서 멋대로 들떠 있었을 뿐이었구나―, 싶어서……."

콰앙, 하고 심장이 폭발했다.

입만 뻐끔거리며 아무 말도 할 수 없게 된 나에게, 아지사이 양이 더 작아진 목소리로 중얼거렸다.

"이, 일단은 나, 레나 짱의 여자친구인데 말이지…… 싶어서."

이젠 산산조각 났다.

무방비한 카호 짱의 모습에 두근거리던 지금까지의 나는 죽었다.

지금 여기에 새롭게 태어난 사람은 아지사이 양의 마음을 헤아리지 못했다는 사실을 바다보다 깊이 반성하고, 그런 아지사이 양을 두 번 다신 서운하게 만들지 않겠다고 마음먹은, 연인으로서 노력하겠다고 결심한 아마오리 레나코였다.

"아, 아지사이 양……."

말이 나오지 않는 나에게 아지사이 양은.

그 자리에서 두리번두리번 주변을 살폈다.

한 번뿐 아니라, 거듭 주의 깊게 주변을 확인한 뒤, 그리고선.

얼굴이 가까워진다.

…………어?!

그대로 굳은 나의, 그.

뺨에 아지사이 양의 입술이, 닿았다.

?!

눈이 휘둥그레진 나에게 아지사이 양이 아까보다 더욱 기어 들어가는 목소리로.

"이, 일단은…… 나, 레나 짱의 여자친구…… 니까."

"…………네, 네에……."

이런 훤한 바깥에서 너무나도 대담한…….

"……에, 에헷."

마치 토라진 듯이 입술을 삐죽 내밀고서, 하지만 그것도 오래가지 못하고 부끄러움을 감추려는 것처럼 미소를 짓는 아지사이 양.

……너, 너무 귀여워…….

이런 걸 본 이상, 나는 이제 이대로 아지사이 양과 단둘이서 수영장을 즐기다가 생을 마감하게 될 거야…….

앞으로도 쭉, 이 따뜻한 수영장에 있자……. 내 눈에는 이제 아지사이 양밖에 보이지 않아…….

그런데!

카호 짱이 돌아왔다!!

“아…… 세나 씨…… 아니, 아 짱.”

“앗, 어, 어서 와, 카호 짱.”

부끄부끄하고 있는 아지사이 양이 밝게 양손을 흔들었다.

그걸 본 카호 짱은 좀처럼 아지사이 양과 눈을 마주치지 못하고!

“으, 응.”

…….

침묵이…… 자리를 채운다!

잠깐만! 아무리 나라도 지금 이게 어떤 상황인진 알겠어!

카호 짱은 나와 함께 자리를 피하고 싶어 해, 하지만 아지사이 양은 그렇게 따로 다니는 걸 서운하게 느끼고 있지?! 응, 알아! 알아 잘 알아! 알고는 있는데?!

두 사람의 섀도우가 나타나 나를 양쪽에서 압박한다!

『레나찡, 오늘은 나를 지켜준다고 약속했잖아……?』

『나, 레나 짱의 여자친구인데 말이지…….』

ㅇㅇㅇㅇ.

『레나찡, 이제 나를 도와주지 않는구나…….』

『레나 짱, 가버릴 거야……? 나보다 카호 짱을 선택하는 거야……?』

이대로 짓눌러 목숨을 잃을 수 있다면 차라리 편해질 텐데!

『레나찡, 거짓말쟁이…….』
『레나 짱은 거짓말쟁이야…….』

기절해라 나! 지금 당장! 어서! 죽어!
무리야! 손쓸 도리가 없어! 게임 오버! 내 모험은 여기서 끝나고 싶어! 끝내게 해줘!
앗! 그런 소릴 했더니 갑자기 하늘에서 운석이?!
떨어지지 않잖아!!
안 돼. 어쩔 수 없어.
이 상황을 어떻게든 해결할 수 있는 사람은 이제 나밖에 없어.
수영복을 입은 카호 짱과 수영복을 입은 아지사이 양 사이에 끼어 있다는, 세상에서 가장 행복한 상황에서 나는 뇌가 타들어 갈 정도로 생각하고, 또 생각했고.
그리고.
"이, 있잖아, 카호 짱?!"
"엇, 뭐, 뭔데?"
눈을 동그랗게 뜬 카호 짱에게 말을 걸었다.
아지사이 양의 미소가, 아주 살짝 흐려졌다.
하지만! 괜찮아!!
"수영복도 어떤 의미로는 코스프레랑 비슷하지 않아?!"

『……엥?』

카호 짱과 아지사이 양이 갑자기 무슨 소릴 하냐는 듯한 목소리를 냈다.

하지만 나는 계속 헤엄치지 않으면 죽고 마는 참치처럼 필사적으로 외쳤다.

"봐, 비일상이라고 해야 하나! 카호 짱이 입은 그 수영복은 학교 지정 수영복이 아니잖아! 평소엔 안 입지?! 그럼 그런 것도 반쯤은 코스프레나 마찬가지 아닐까! 왜냐하면 평소와는 다른 자기 모습을 보여줄 수 있는 거잖아!"

몸짓 손짓을 섞어 가며.

"봐봐! 수영복 촬영회 같은 것도 있잖아?! 모바일 게임 캐릭터도 수영복을 입을 때가 많고! 나는 코스프레 같은 거라고 생각하거든―! 그러고 보니 카호 짱이 입은 수영복 내 눈엔 왠지 모바일 게임 캐릭터랑 닮은 것 같네! 그치? 카호 짱도 닮은 것 같지 않아?! 아지사이 양도 그렇게 생각하지?!"

"어, 어어."

상황을 파악하지 못한 아지사이 양이 곤혹스러운 기색으로 고개를 갸웃거렸다.

…….

……,

…….

카호 짱이 입가에 손을 댔다.

"…………듣고 보니."

!

그 눈이 반짝, 빛난다.

“수영복은, 코스프레나 마찬가지잖아!”

“그치!”

“레나찡 천재!”

“해냈다―!”

우리는 뛸 듯이 기뻐했다.

그렇다. 카호 짱은 콘택트렌즈를 끼는 걸로 인싸 코스프레를 한다. 즉, 카호 짱은 코스프레만 하고 있으면 무적이다. 그러니 지금도 코스프레라고 한다면?! 효과는 보시는 대로!

아마오리 레나코, 천재! 노벨 코야나기 카호상!

“듣고 보니, 그런 걸까?”

무슨 얘기를 하는 걸까, 하고 어리둥절해하는 아지사이 양의 팔을 카호 짱이 붙잡았다.

“좋았어, 아 짱! 나 실컷 헤엄쳤더니 배가 고파졌어! 감자튀김 사러 가자!”

“으, 응.”

“힘차게 가보자! 푸드코트 음식을 위에서부터 아래까지 전부 먹어 치우자고!”

“그, 그렇게나?!”

카호 짱한테 끌려가는 아지사이 양.

나는 마음속 깊이 안도하며 미소를 지었다.

어떻게든…… 됐어!

"좋아! 다 같이 가자!"

카호 짱이 뒤를 돌아본다.

아시가야의 사랑받는 미소녀 걸은 팔을 번쩍 들고서, 태양 같은 미소를 빛냈다.

"예이—!"

이렇게 나는 금세기 최대의 위기를 어떻게든 이겨내는 데 성공했다.

아마오리 레나코, 기적의 생환! 해냈다—!

***

그리고, 후일담.

나는 학교에서 책상에 푹 엎드린 채, 스마트폰 화면—— 합류해서 함께 수영장을 만끽한 아지사이 양, 그리고 포즈를 취하면서 카메라를 향해 윙크하는 카호 짱의 투샷을 보고 있었다.

멋진 사진이야…….

휴우, 한때는 어떻게 되나 싶었는데……. 마지막엔 그룹 친구들과 시끌벅적 신이 났던 즐거운 수영장이었어……. 한때는 죽음까지 각오했었지만…….

그런 내 곁으로 다가오는 조그맣고 귀여운 여자아이.

카호 짱이다.

"레—나찡."

내 뒤에서 와락 안겨들었다. 히엑?!

"어제는 고마워……♡"

목소리를 낮추고서 내 귓가에 속삭이는 카호 짱.

저기, 저기저기…….

가슴이 진정되질 않는데요……!

"정말로 덕분에 살았다냥……. 레나찡, 정말로 멋있었어……♡"

"그, 그런가요."

"응……. 그러니까……♡"

여자애들을 닥치는 대로 타락시키는 걸 삶의 보람으로 삼는 듯한 소악마가 더욱 달콤한 목소리를 낸다.

"다음에 또…… 단둘이 있을 때 잔―뜩, 보답해 줄 테니까…… 응♡"

"――."

나는 몸을 돌려 카호 짱을 황급히 뿌리쳤다. 뒤에서 "아이쿠." 하는 소리가 들렸다. 하지만 그런 걸 신경 쓸 겨를이 없었다.

그야 내가 말하긴 했어. 인싸 모드 카호 짱이 그립다고. 원래의 소악마 같은 카호 짱으로 당장 돌아와 줬으면 좋겠다고! 말하긴 했는데!

"시, 시, 신경 쓰지 마시죠!"

"뭐―?"

"저는 평소의 빚을 갚았을 뿐이니까요!"

고집을 피웠다. 뾰로통―, 입을 삐죽 내민 카호 짱은 금방이라도 『재미없어―』라고 말하고 싶은 표정으로 나를 놀릴 틈을 찾고 있는 것 같았다.

어휴 진짜…… 어휴 정말이지!

이런 카호 짱은 이것대로 너무 귀엽다고! 당연하잖아! 뭘 착각하는 거야, 아마오리 레나코!

그야 겉으로든, 속으로든──── 카호 짱은 카호 짱이니까!!

끝.

후기

　평안하세요, 미카미 테렌입니다.

　『미카미 테렌을 의자에 묶어라! 애니메이션화 기념! 와타나레 3개월 연속 간행 캠페인』의 첫 번째는 지금까지 제가 서점 특전 등을 통해 써왔던 쇼트 스토리를 모은 작품입니다.

　쇼트 스토리 내용은 크게 나눠서 두 가지. 1권부터 7권까지의 서점 특전과 전문점에서 실시한 캠페인 특전입니다.

　캠페인 특전은 주로 퀸텟이 교실에서 잡담을 나누는 내용이고, 가볍게 읽을 수 있는 이야기.

　반면 본편 서점 특전 쇼트 스토리는 각 권 내용의 사이사이를 채워주는 이야기가 주된 내용입니다. 시간 순서가 이리저리 바뀌기 때문에 이해하기 어려운 점에 대해선, 어떤 시점에서 펼쳐진 이야기인지에 대한 보충 설명을 위주로 가필 수정하여 넣었습니다. 가지고 계신 본편을 슬쩍 참고하면서 즐겨 주시길 바랍니다.

　그리고 또 한 가지. 특별 수록된 수영복 에피소드가 권말에 추가되어 있습니다. 카호 짱과 아지사이 양을 중심으로 한 표지 에피소드입니다. 이쪽은 최신간인 7권과, 후에 나올 8권 사이의 평화로운 시기에 벌어진 일입니다. 타케시마 씨의 하이퍼 귀여운 일러스트와 함께 즐겨주셨으면 합니다.

　그런고로, 그 이야기를 해보겠습니다. 코야나기 카호 ASMR 특전 이야기를.

1 : 코야나기 카호 ASMR 특전 기획의 시작 (스포일러 없음)

미카미 테렌은 생각했습니다.

이왕 하는 3개월 연속 간행 캠페인이니까 재미있는 걸 하고 싶어…….

그런데 말이죠, 『와타나레』라는 작품은 신기하게도 제가 일하지 않으면 콘텐츠가 늘어나지 않더라고요……. 이상하네……. 쓰는 사람이 나밖에 없잖아……. (당연함)

애초에 한창 8권과 진지하게 마주하고 있는 나를 기획에 끌어들일 바에는 차라리 좀 더 빨리 8권을 내! 라는 얘기가 되잖아! 죄송합니다 지금도 노력하고 있습니다! 으으.

그런 진퇴양난의 상황에서 편집자 K하라 씨가 제안해 주셨거든요. "그럼, 카호 짱의 ASMR 같은 건 어때요?"라고.

쩔어……. 천재 아냐……? 눈앞에 빛이 터지는 기분이었습니다. 이거라면 내가 일하지 않아도 코야나기 카호 역을 맡은 타나카 타카코 씨(마우스 프로모션 소속)가 노력해 주시니까 콘텐츠가 늘어나……. 최고의 아이디어야…….

그리고 저는 깨닫고 보니 4권의 서점 특전을 바탕으로 ASMR 대본을 완성했던 겁니다.

결국 너 일하고 있잖아!!

2 : 코야나기 카호 ASMR 특전 기획 수록 (스포일러 없음)

녹음 당일에는 저도 견학하러 갔습니다. 일이니까요!

ASMR은 재미있네요. 애니메이션 목소리 녹음을 할 때 쓰는 음향 스튜디오에서 녹음했는데, 애니메이션과는 완전히 달라서, 움직임이 있기도 하고, 그 자리에서 효과음을 만들기도 하고.

타나카 씨는 ASMR엔 첫 도전이었던 모양이라 긴장하면서도 분발해 주셨습니다.

첫 도전부터 갑자기 더미 헤드 주변을 왔다 갔다 하며 움직임이나 소리를 더하면서, 카호 짱의 연기로 카호 짱이 연기하는 메이크업 담당자나 사회인 언니를 연기한다는, 쇼토쿠 태자와도 같은 일을 해 주셨습니다. (쇼토쿠 태자는 아마 ASMR을 하진 않았을 거야.)

그런데도 해내시더라고요……. 프로 성우분은 정말 굉장해……. 아니면 집에서 열심히 연습하셨던 걸까……. 노력하는 천재…….

이렇게 타나카 씨와 스태프분들의 노력은 훌륭히 결실을 보아, 울트라 큐트한 ASMR이 탄생했습니다.

이하는 제가 녹음 중에 무심코 내뱉은 발언의 일부입니다.

"레나코, 팔자 좋네."

"레나코, 너무하잖아!"

"타나카 타카코 씨한테 무슨 말을 시키는 거야!"

"이쯤 되면 거의 카호 짱이 꾸민 레나코 네거티브 캠페인이죠."

"이 특전, 정말로 공짜로 제공하는 건가요??"

즐거운 녹음 현장의 분위기가 조금이라도 전해졌다면 좋겠습니다.

그러면 감사 인사를 드리겠습니다.

타케시마 에쿠 선생님, 이번에도 최고! 아니 매초마다 그림 실력이 느는 거 아냐?! 뭔가 엄청난 스케줄이 되어버렸지만, 8권도 열심히 함께 극복해 보죠!

담당자 K하라 씨 고마워요. 전 세계 50억 카호 짱 팬의 환호가 들리나요?

더욱이 이 책을 만들기 위해 도와주신 모든 분께 감사드립니다.

독자 여러분은 모쪼록 이후에도 3개월 연속 간행(코믹스도 포함하면 4개월 연속이야!)인 와타나레 월간을 즐겨 주세요.

그러면! 다시 원고로 돌아가겠습니다! 워우우— 열심히 할게요!

그럼 이만, 미카미 테렌이었습니다!

내가 연인이 될 수 있을 리 없잖아, 무리무리! (※무리가 아니었다?!) SS집

2026년 3월 5일 1판 1쇄 발행

저   자 미카미 테렌
일 러 스 트 타케시마 에쿠
옮 긴 이 정백송
발 행 인 유재옥
담 당 편 집 정영길

편   집 정영길 조찬희 박치우 이소의 정지원 최유정 김혜주
디 자 인 랩 팀 김보라 전세연
디 지 털 사 업 팀 김지연 윤희진 장혜원
라 이 츠 사 업 팀 김정미 유아현
영 업 마 케 팅 팀 최연욱 김민
물 류 팀 백철기 이새롬
경 영 지 원 팀 최정연
인 쇄 제 작 처 ㈜코리아피엔피
발 행 처 ㈜소미미디어
등   록 제2015-000008호
주   소 서울시 마포구 토정로222, 502호 (신수동, 한국출판콘텐츠센터)
판매 및 마케팅 (070) 8822-2301

ISBN 979-11-384-4298-5 (04830)
ISBN 979-11-6611-240-9 (세트)

본편을 다 읽은 후에 읽어주세요.

“아, 그러면 돈은 드릴 테니…… 대신 사다 주세요…… 적당한 걸로…….”

“여기까지 와 놓고?!”

방과 후, 카호 짱과 함께 들른 역 앞 빌딩의 수영복 매장 앞에서, 아마오리 레나코── 나는 한껏 위축된 채로 지갑을 내밀었다.

하지만 카호 짱은 내가 내민 지갑을 받으려 하지 않았고.

“아니아니……. 모처럼 레나찡이랑 함께 수영복을 사러 온 건데? 같이 고르자.”

“하지만요……. 저 같은 게 수영복 매장에 들어갔다간 『아, 이 여자 수영장에 가는구나』라고 생각할 거라고요…….”

“맞는 말이잖아?!”

“뭘 들떠있는 거냐고 경멸할 게 분명해!”

“무슨 소릴 하는지 하나부터 백까지 전혀 이해가 안 간다냥.”

으으. 카호 짱이 지금 당장 콘택트렌즈를 빼줬으면 좋겠어. 그러면 하나부터 백까지 구구절절 내 말에 동의해 줄 게 틀림없는데…….

“괜찮겠어? 나한테 전적으로 맡기면 거의 끈이나 마찬가지인 비키니를 사 올 거라구?”

“아, 그러면 수영장에 같이 가자는 부탁도 거절할 거니까요…….”

“정말 성가신 여자다냥…….”

이쪽은 선의로 도와주고 있는 거거든?! 이라는 뜻을 내비치자, 카호 짱이 팔짱을 끼고서 신음했다.

그렇다, 나는 카호 짱의 권유로 같이 수영장에 놀러 가게 되었지만 정작 수영장에서 입을 수영복이 없었다. 아카사카의 회원제 수영장에 갈 땐 매번 수영복을 대여해서 입었으니까…….

그래서 카호 짱의 에스코트를 받으며 수영복을 사러 왔는데…….

"수영복은 일반 옷을 사는 것과는 또 다른 허들이 존재한다고 생각하지 않나요……? 사이즈가 신경 쓰이니 안 입어보고 사는 건 무섭지만, 그렇다고 맨살에 그대로 걸치는 옷을 입어봐도 되냐고 부탁하는 건 또 그것대로 너무나 미안한 느낌이 들잖아요, 애초에 그 시점에서 이미 까마득한 상황 아닐까요……."

"그래그래."

카호 짱은 내 얘기를 귓등으로도 듣지 않고서 손목을 붙잡았다. 엥?!

"안녕하세요―. 오늘은 얘가 입을 수영복을 사러 왔는데요―."

"앗, 아앗."

나를 질질 끌고 가면서 웃는 얼굴로 점원에게 말을 거는 카호 짱.

말을 걸어 버리면 이젠 도망칠 수도 없잖아?!

작은 목소리로 불평하려고 해도 이미 이곳은 수영복 매장의 영역 안. 이리하여 나는 카호 짱에게 이끌려 탈의실 안으로 떠밀려 들어가게 되었다.

“그럼, 적당히 수영복을 골라 올 테니 레나찡은 순서대로 입어 보고 마음에 드는 게 있으면 그걸로 구매하는 걸로 하자. 잘 부탁행.”

“아으아으아으.”

잔말은 듣지 않겠다는 게 바로 이런 거겠지.

뭔가를 밀어붙일 때 카호 짱의 추진력은 퀸텟 친구들 중에서도 으뜸. 세상에서 누구보다도 나를 강하게 밀어붙이는 우리 여동생에 필적할 정도다.

탈의실에 갇힌 나는 밖에서 휙휙 던져주는 수영복으로 하나하나 갈아입었다.

바깥에선 카호 짱이 점원과 아주 즐겁게 대화를 나누는 목소리가 들려온다. 하지만 이곳은 탈의실. 커튼으로 차단되어 거울밖에 없는 좁은 공간. 마음이 진정돼…….

“레나찡, 어때?”

“으햐앗?!”

커튼 틈으로 카호 짱이 얼굴만 빼꼼 내밀었다. 지금 한창 갈아입던 도중이라 알몸인데!

양손으로 몸을 가리며 힘껏 고개를 저었다.

“프라이빗! 프라이버시! 노—!”

“아차, 미안미안☆ 그럼 다음은 이거야.”

수영복을 탈의실 안으로 휙 던지며 다시 커튼을 샥 닫는 카호 짱.

트, 틀림없이 고의였어……. 나를 놀리며 즐기는 거야…….

“미워……. 인싸인 카호 짱이 미워…….”

커튼 밖에서 목소리가 들린다.

“뭐—? 같이 목욕도 한 사이잖아—.”

“그건 그거고! 이건 이거야!”

“그런가?”

“그러면 카호 짱은 지금 당장 나한테 알몸을 보여줄 수 있겠어?!”

소리치며 황급히 갈아입었다.

수영복 하의를 입었을 때 다시 커튼이 슥 열렸다. 어?

가슴을 가리면서 돌아본 나. 카호 짱은 풀이 죽은 표정을 지은 채, 좁은 탈의실 안으로 들어오더니…….

“보여줄 수 있는데?”

“엇.”

그 자리에서 교복 단추를 하나씩 풀기 시작했다.

“잠깐?!”

“미안해, 레나찡. 그렇게 싫어할 줄은 몰랐어. 사과의 뜻으로 나도 벗을게.”

“무슨 사과가 그래?!”

가슴을 가리고 있는 내 앞에서 블레이저, 그리고 와이셔츠를 차례차례 벗는 카호 짱. 속에 입은 캐미솔이 드러나고…….

“잠깐 기다려!!”

“으엥?”

카호 짱이 스커트 후크에 손을 댔을 때, 나는 도리도리 고개를 저었다.

"괜찮으니까! 이제 알겠으니까!"

"하지만 이대로는 내 마음이 풀리지 않는걸."

"내가 괜찮다고 하잖아!"

연이어 소리쳤지만 카호 짱의 스커트가 스르륵 흘러내렸다. 그만둬!

얼굴이 새빨개진 나를 보며 카호 짱은———.

"냐하하하."

눈꼬리를 접으며, 마치 사랑스러운 새끼 고양이처럼 천진난만하게 웃고 있었다.

……엥?

살살 조심스럽게 시선을 올렸다. 그곳에는 가녀린 몸매를 가진 카호 짱이 매끄러운 하얀 피부를 드러내고서, 실오라기 하나 걸치지 않은 모습으로…….

있지 않았다. 카호 짱은 아래에 당연한 듯 수영복을 입고 있었다.

"어째서?!"

"옆 탈의실에서 먼저 갈아입었지롱!"

"어째서…………?!"

"재미있을 것 같았으니까!"

엄지를 척, 치켜세우는 카호 짱.

그건 며칠 뒤 수영장에서 입을 수영복과는 다른, 노란색 줄무늬가 들어간 비키니 수영복이었고, 무척이나 잘 어울려서 귀여운 모습이었지만…….

“으으으으.”

나는 비틀비틀 카호 짱의 눈으로 손가락을 뻗었다. 황급히 내 손을 피하는 카호 짱.

“엑, 눈 찌르기?!”

“역시, 역시 카호 짱은 아싸인 게 더 나아!”

“뭐어?!”

“하다못해 좀 부끄러워하는 기색이라도 보이라고!”

“어쩔 수 없다냥…….”

그러자 카호 짱은 입가를 손으로 가리고 미소를 짓더니, 나를 향해 등을 돌리고선 살짝 뺨에 홍조를 피우며…….

“비키니 끈, 풀어도 좋아……. 그걸로 레나찡의 마음이 풀린다면…… 말이야♡”

“으랏차!”

나는 카호 짱을 있는 힘껏 밖으로 밀쳐냈다. “끄앙!” 하고 비명을 지르며 커튼 밖으로 밀려나는 카호 짱.

여전히 가슴을 가린 채, 나는 소리쳤다.

“카호 짱은 변태!”

수영복을 사고 나온 뒤, 카호 짱은 “미안해—” 하고 웃으며 카페에서 케이크를 사줬다. 정말이지, 이런 걸로 금방 기분이 풀릴 정도로 쉬운 여자가 아니거든? 나는…….

“레나찡이 너무나도 귀여운 탓에 자꾸만 놀리고 싶어지는걸♡”

“크르르릉.”

그런 말 들어도 별로 기쁘지 않거든?!
귀엽다니…… 그, 그런 말 들어도, 흥!

내가
연인이
될 수 있을 리
없잖아, 리무리
무리
※무리가 아니었다?!

세나 아지사이는 커다란 고민에 빠져 있었다.

"으음……."

이곳은 아지사이의 방.

그녀 앞에는 수영복 두 벌이 놓여 있다. 그것이 문제였다.

하나는 흰색 프릴이 달린 비키니 타입 수영복. 다른 하나는 연한 크림색 원피스 타입 수영복. 전자는 올해 여름에 산 수영복이고, 후자는 작년에 샀던 수영복이다.

궁극적인 질문은 바로 이거다. 쉽게 말해, 둘 중 뭘 가져갈 것인가.

평소라면 이렇게까지 고민하진 않았겠지. 기왕 새로 산 수영복인데 올해는 좀처럼 입을 기회가 없었기 때문에 비키니 타입을 가져가려고 마음먹고 있었다. 그랬을 터였다.

그런데, 상황이 달라졌다.

친구끼리 수영장에 놀러 가기로 했던 약속에 아마오리 레나코가 합류한 것이다.

뭐니 뭐니 해도 아지사이와 아마오리 레나코는…… 그냥 친구가 아닌…… 그, 서로 사귀는…… 여자친구였으니까.

그런 이유로 아지사이는 고민에 빠졌다. 연인과 처음으로 같이 수영장에 놀러 간다는 이벤트를 앞두고 과연 정말로 이 수영복으로 괜찮은 걸까—— 하고.

"으음…………."

방 안에 아지사이의 끙끙대는 목소리가 맴돈다.

의외일지도 모르지만, 아지사이는 자기 성격이 우유부단함과는 거리가 멀다고 생각해 왔다. 마음만 먹으면 어떤 일이든 그 자리에서 단호하게 결정할 수 있다고.

옛날엔 그렇지 않았다. 인형을 딱 하나만 사준다는 말에 도저히 하나만 고르질 못해서 부모님을 몹시 난감하게 만들던 아이였다.

그랬던 성격이 달라진 건 나이 차이가 나는 남동생 둘이 생긴 다음부터다. 동생들을 돌보느라 시간이 부족해지면서『아무튼 뭐가 됐든 좋으니 일단 정하고 보자』라는 스킬을 터득했다.

남동생 둘이 패밀리 레스토랑에서 무슨 메뉴를 시킬지 우물쭈물하는 와중에, 자신까지 고민하느라 시간을 썼다간 한참이 지나도 저녁 식사를 할 수가 없다. 아지사이는 누나로서 자기 고민은 점점 뒷전으로 미루게 되었다.

그랬는데…….

오랜만에 아지사이는 타고난 우유부단함을 발휘했다. 왜냐하면 동생 둘은 이미 목욕도 마치고 잠자리에 든 만큼 지금은 얼마든지 고민할 시간이 충분했으니까!

"이, 일단은…… 입어 볼까……."

아지사이는 혼자서 고개를 끄덕인 뒤, 방에서 수영복으로 갈아입었다.

전신 거울 앞에서 빙글 돌아보기도 하고, 여러 각도에서 사진을 찍어보기도 하며…….

일단 두 수영복을 번갈아 입어 보긴 했는데.

"……어쩌지."

수영복을 입은 채, 바닥에 풀썩 무릎을 꿇었다.

이거다, 싶은 결정적인 무언가가 없다. 둘 다 안 어울리는 느낌이 든다. 디자인이 더 마음에 드는 건 올해 새로 산 수영복이지만, 노출이 좀 과한 것 같은 느낌도 들고, 그렇다고 해서 원피스 타입 수영복을 고르기엔 또 왠지 살이 쪄 보이는 느낌이 들고……!

점점 수렁 속으로 빠져들어 가던 그때, 스마트폰이 울렸다.

마이한테서 온 메시지다.

"음."

지난번에 아지사이가 추천해 준 카페에 가봤다는, 소소한 잡담이 담긴 메시지였다. 정말 가 주었다는 사실이 기뻐서 몇 마디 대화를 나누다가.

그러다 문득, 대화 도중에 자연스럽게 질문을 꺼냈다.

아지사이 : 저기, 혹시 뭐 좀 물어봐도 될까?

마이 : 물론이지.

아지사이 : 어느 수영복이 더 좋을지 고민 중인데.

마이 : 헤에.

마이가 마침 한가한 타이밍이라는 걸 확인한 다음, 아지사이는 마이에게 두 장의 사진을 보냈다. 방금 막 찍은 사진이다.

아지사이 : 마이 짱은 어느 쪽이 더 나은 것 같아?

마이 : 그렇군.

판단을 내릴 기준이 자신한테 없을 때 제삼자의 의견을 듣는 게 최고다. 마이라면 분명 기탄없이 의견을 말해 줄 게 틀림없다. 그렇게 가벼운 마음으로 보낸 결과.

마이는 정말 솔직한 의견을 보내주었다.

마이 : A 수영복도, B 수영복도 둘 다 아주 잘 어울리고 귀여운걸.

아지사이 : 으, 응! 고마워.

마이 : 그러니 두 벌 다 가져가서 번갈아 갈아입는 건 어떨까?

아지사이 : 그건 이상하잖아?!

마이 : 하지만 정말로 우열을 가리기 힘들어. 분명 모델이 훌륭해서 그렇겠지.

"마이 짱도 참…… 정말……."

살짝 얼굴이 빨개졌다.

누구나 부러워할 법한 멋진 몸매를 자랑하는 마이한테서 칭찬을 받으니, 같은 여자로서 뭐라 표현하기 힘든 쑥스러움과 진심에서 우러나오는 기쁨을 느꼈다.

그렇게 아지사이가 수줍어하는 동안에도 마이의 추가타는 계속 날아왔다.

마이 : A 수영복은 아지사이의 건강미 넘치는 매력을 120퍼센트 발휘한다고 생각해. 곁에 있으면 분명 무심코 가슴이 두근거리게 되겠지.

마이 : B 수영복도 무척 사랑스러워. 원피스의 프릴이 매력적이야. 이렇게 멋진 여자아이가 내 소중한 사람이라니, 정말 자랑스러운 기분이 들어.

마이 : 역시 둘 다 가져가야 하지 않을까? 적어도 어느 한쪽이 별로라고는 말할 수 없어. 정말 천사처럼 사랑스러워.

아니, 아니아니.
아니아니아니아니아니아니!

아지사이 : 칭찬이 너무 과한데?!
마이 : 그런가?
아지사이 : 마이 짱은 누구한테나 그렇게 말해?
마이 : 아니?
마이 : 내가 느낀 바를 솔직하게 문장으로 표현했을 뿐이야.

얼굴이 점점 더 빨갛게 달아오른다.

아지사이 : 그, 그럼…….
아지사이 : 레나 짱은 어느 쪽을 더 좋아할 것 같아?

그렇게 보내고 난 뒤, 아지사이는 부끄러움을 견딜 수 없어 한동안 양손으로 얼굴을 덮었다. 그냥 지금이라도 전송 취소를 할까 싶기도 했지만, 대화를 나누던 도중이었던 탓에 보내자마자 바로 읽음 표시가 뜨고 말았다. 으으……!

그리고 그 부끄러운 메시지에 대한 답장은 굉장히 심플했다.

마이 : 레나코는 아지사이를 사랑하니까 어느 쪽이든 기뻐할 거야.

와아아아아앗!

제삼자가 그렇게 단언하다니, 이보다 더 부끄러운 일이 없다!

저도 모르게 아지사이는 마이에게 해명하려고 전화를 걸었다.

"그, 그런 뜻이 아니고!"

전화 너머에서 마이는.

『아하하하.』

그렇게 마치 전화를 걸어올 것까지 예상했던 것처럼 무척이나 유쾌하게 웃음을 터트리고 있었다.

『아지사이는 귀여운걸. 정말로.』

"ㅇㅇㅇㅇㅇㅇㅇ."

몸이 뜨겁다. 한동안 끙끙거린 뒤, 뾰로통해져선 입술을 비죽이며 중얼거렸다.

"마이 짱은 칭찬을 너무 잘해……."

『후후, 영광이야.』

　하나부터 열까지 마이의 손바닥 위다. 마이는 또래 여자아이를 대하는 솜씨가 너무나 능숙하다. 아마도 인생 경험의 차이 때문이겠지.
　그래서 아지사이는 포근하고 따스한 가슴속의 온기를 느끼며, 자신은 평생 마이한텐 못 당하는 게 아닐까, 하는 생각이 절로 들었다.

내가 연인이 될 수 있을 리 없잖아, 무리무리! (※무리가 아니었다?!) SS
쇼트스토리 소책자

2026년 3월 5일 1판 1쇄 발행

저　　　자 미카미 테렌
일 러 스 트 타케시마 에쿠
옮 긴 이 정백송
발 행 인 유재옥
담 당 편 집 정영길

편　　　집 정영길 조찬희 박치우 이소의 정지원 최유정 김혜주
디자인랩팀 김보라 전세연
디지털사업팀 김지연 윤희진 장혜원
라이츠사업팀 김정미 유아현
영업마케팅팀 최연욱 김민
물 류 팀 백철기 이새롬
경영지원팀 최정연
인쇄제작처 ㈜코리아피엔피
발 행 처 ㈜소미미디어
등　　　록 제2015-000008호
주　　　소 서울시 마포구 토정로222, 502호 (신수동, 한국출판콘텐츠센터)
판매 및 마케팅 (070) 8822-2301

ISBN 979-11-384-4298-5 (04830)
ISBN 979-11-6611-240-9 (세트)